FLORET
READING

小花阅读

我们只写有爱的故事

青春阅读　幸得相见

彼时花胜雪

BISHI HUASHENG XUE

九歌 著

贵州出版集团
贵州人民出版社

九 歌 | 小 花 阅 读 签 约 作 家

慢热，严重拖延症，间歇性抽风症患者。
时而文艺小清新，时而重口味接地气。
放荡不羁爱撸发簪的汉服同袍、资深吃货。
深度中二热血少女，热衷于写打打杀杀大场面，然而总被提醒，你在写言情。
伙伴昵称：九妹、999

个人作品：《彼时花胜雪》
即将上市：《请你守护我》

小花阅读

【梦三生】深情古风系列

【梦三生】系列之《**彼时花胜雪**》
九歌 / 著

标签：腹黑女刺客 / 高冷内敛浊世公子 / 风流放荡的继任者

内容简介：
为保护孪生姐姐，叶蔓接受了公子瑾的诱惑，进入了"桃花杀"，改名曼珠。

传说每个进入桃花杀的少女都将抛弃自己原本的姓名，以花为名，花名喻此一生。

从天真烂漫少女变作杀伐果断刺客，她是为了复仇不择手段的刽子手，是不动声色的暗桩，是无力自救的弃子……

她以为公子瑾是遥不可及的那个希望，却不想他一直都在自己身边。

世间多少聚散离合，所幸，我们终究等到了再次重逢。

【梦三生】系列之《盗尽君心》
打伞的蘑菇 / 著

标签：调皮小女贼 / 放浪微服太子 / 深情俊美将军 / 忠犬神偷教主

内容简介：
江北小女贼林隐蹊，本想小偷小盗快意江湖，不料失手偷上微服的太子。
好不容易逃出来，却得知要代姐姐出嫁。
一段江湖事，搅乱风月情。
到底是放浪不羁的微服太子，还是深情缱绻的镇疆将军，又或者是默默守护的神偷教主？
小女贼无意盗尽风月，却串起他们的爱恨情仇，而她想偷的，究竟又是谁的心？

【梦三生】系列之《桃药无双》
果子久 / 著

标签：花痴的解蛊门传人少女 / 傲娇温柔的飞霜门门主

内容简介：
生来能以血解蛊的解蛊门菜鸟传人明没药，眼馋美男符桃的美色下山历练，本想轻松谈场恋爱，却谁知一路遇到离奇事件……
刚下山，就遇上了员外家的妻妾们堵城。
温柔小姐似乎中毒沉睡不醒，郊外遭遇惊险有人被埋。
失足掉入幻境迷城，却引发了暗黑美人城主与柔弱妹妹间的纠葛。
一个宁可背负刻骨仇恨也要囚她入怀，一个宁可灰飞烟灭神形俱散也要了却孽缘……
黑暗的山洞里，白骨森森，痴情的师姐，埋葬了自己的爱情。
能否逃出生天，安慰亡灵，决定没药与符桃，能否走到最后……

【梦三生】系列之《深宅纪事》
姜辜 / 著

标签：身负秘密的绝色神医 / 逗萌执念师爷 / 深宅病公子

内容简介：
他是归来的绝色神医房尉，也是已死的裴家大公子裴琛聿。
三年前，一场平静的毒杀让他命断深宅。
三年后，化身神医的他打入裴宅的内部，逼近那日夜折磨着他的真相和牵挂。
师爷闻人晚为何如此在意三年前那桩被称为"奇案"的毒杀案！
倾国倾城的二夫人为何宁愿自己疼爱的儿子扶苏变成阴暗的病骨！
英俊忠诚的随从杜叶为何会突然失声！
容貌丑陋的婢女桃夭为何放弃出府机会！
情丝缠绕，恩怨难绝，红颜不老，滴泪成血……

【梦三生】系列之《妖骨》
晚乔 / 著

标签：忘记身份的少女 / 情深孤高的尊者

内容简介：
阮笙活了十七年，直到遇到一个自称秦萧的人，才终于看清了自己多年的梦。
梦中爱慕的因敛尊者，却因她识魄碎裂，灵窍四散。
阮笙不甘心，为救回他不惜毁天灭地。但没有想到，捏出的诀术会在自己死后失效。
恢复记忆的因敛终于明白了他们的前缘，从天帝那里得到她的元身——已经碎裂的瓷瓶。
耗费千年将它复原，送她进入轮回，并脱去仙籍，陪她转世。
再遇，终于可以实现从前那句诺言。生前岁岁相伴，死后共葬荒丘。

目录

002 · 楔子

005 · 卷一：双身

一、"包子，我要很多很多的包子！"那把嗓音的主人答得铿锵有力。
二、那一日，叶蔓记住了他宛若朝晖的笑颜，亦记住了他的名字。
三、叶蔓被他带回去那日便明白，有些人生来就注定不凡。
四、那些话语在舌尖打了个圈，皆被咽回喉咙里。
五、我会替你照顾好你的阿姐，替你扫去一切后顾之忧。
六、他发出一声喟叹，你真真是像极了我一个故人。
七、大抵只因那东西太过美丽，又求而不得吧。
八、世人都说唯女子与小人难养也，恰好她两者皆囊括。
九、枝叶纠缠，其叶蔓蔓，便有了她的名字——叶蔓。
十、风月情爱是鸩毒，醉生梦死归尘土。
十一、我想看姜国朦胧的烟雨，楚国壮阔的海景。
十二、我难过的是，从此再也不清对他的亏欠。
十三、直面死亡的那一刻我才明白，我是何其不甘。

目录

105 · 卷二：晚樱

一、我从不信世上真有无欲无求之人，
　　包括你也一样。

二、可有人说过，你废话真的很多？

三、我要找一样对我而言非常重要的东西。

四、她额上尚有余温，竟是被苏寒樱印上一个吻。

五、这注定是个不平静的夜，漫天火光与鲜血交织，
　　一路厮杀至天明……

六、她该明白，有些东西是她穷其一生
　　都无法得到的。

七、解药以及你在桃花杀所接到的任务都会落空。

八、你是徒儿的天，是徒儿的地，是徒儿的唯一，
　　可你为何总要抛弃徒儿？

九、岩浆完全覆盖住他的时候，他想，
　　他终究还是负了师父。

目录

178 · 卷三：优昙

一、铃儿声一路"叮当"作响，飞散在初晨的
缕缕清风里，
仿佛可以回到那不曾离散的时光。

二、那少年哭得越发声嘶力竭，只差顶个牌子，
上书曰"我苦，我冤"四个大字。

三、若不是苏寒樱留下一封信笺，
大抵不会有人想到，
世上竟还存在这般偏执痴狂之人。

四、并非那种带着阴沉腐败之气的风，
而是有着鲜活生命的，
仿佛能让人嗅到万物生长之力的风。

五、你只需记住我是叶蔓的人即可。

六、你不杀我一定会后悔，只要我活着一日，
你就要遭受一日的折磨。

彼时花妆雪

目录

230·终卷：烽火

一、繁芜往事都将化作尘土，与她一同长眠地底。
二、八匹通体雪白的骏马拉着一辆
极尽奢华的金丝楠木车辇，
端坐车辇之上的叶蔓面无表情。
三、你可曾爱过一个人，又可曾痛恨过那个
被你所深爱的人。
四、只要你能活下去……

266·尾声

269·番外一
274·番外二

BISHIHUASHNEGXUE
· 桃花杀 ·

一个以美色猎杀形式而存在的刺客组织。

此刺客组织的内部成员，皆为年轻美貌的女子。

相传它乃千古第一妖妃桃华一手建立，延续至今已有六十个年头。除却楚国王室，江湖与朝堂无人知晓它的存在……

楚国王室中流传着这样一句话：得桃花杀者得天下。

BISHIHUASHNEGXUE
· 楔 子 ·

　　那是一柄剑，薄如蝉翼，细如柳叶，在阳光下泛着幽蓝的光，它只有五寸见长，剑柄处细细缠着柔软的绢，瞧上去倒像枚精致的佩饰，教人怎么也想不到会是把杀人于无形的利器。

　　三月天，梅花零落梨花开，漫天香雪纷纷扬扬落下，撒了树下满头华发的红衣女子一身洁白花瓣，她在以梨花拭剑，剔透的剑身在梨花的擦拭下更显晶莹，仿若透明。

　　"沙沙沙……"

　　孩童的嬉闹声伴随着嘈杂的脚步声一同传来，领头的是个梳着双丫髻的胖丫头,她笑得见牙不见眼,连蹦带跳地蹭到红衣女子身边,眨巴眨巴眼:"蔓华姐——"

蔓华停下手中动作,嘴角微微扬起,带出一丝笑意:"昨日讲到哪儿了?"

"讲到双生子里的姐姐尚未开启心智,妹妹毅然答应了那人。"

蔓华微微颔首,欲接着说下去,她尚未来得及开口,连绵望不到尽头的香雪海里再次传来动静。

众人举目望去,只见微风卷起,华服加身的男子踏着一地落花而来,恍若谪仙。

男人出现的那一瞬,蔓华神情骤然冷却,她拍了拍胖丫头糯米糕般粉白的脸:"你们先回去。"

胖丫头乖巧,笑盈盈地带着一群半大的小孩离开,心中却在抱怨:"这人总来烦蔓华姐,害得她们近半个月来一个故事都没能听成。"

"不知新王来所为何事?"蔓华收回视线,依旧低头以梨花拭剑。

男子定定地望着蔓华:"我想你该明白的。"

蔓华目光只在剑上流转,声音很淡:"我想你也该明白的,她早死了。"

男子依旧是笑,笑意却未达眼底,声音里透着丝丝凉意:"活不见人死不见尸，我真不信她就这样死了！"

"爱信不信。"蔓华漫不经心地撂下四个字，便不再言语。

不曾想到她竟连对他多说一个字都不愿意，男子终于失去了耐心，他声音冰冷，犹如寒冰碾玉："我曾答应过她，会好好照顾你，即便她不在了，我也该照顾你！"言下之意竟是要将蔓华强行带走。

蔓华却在这时笑出了声，笑容里像是淬了毒，带着近乎残忍的恶意："你还以为抓住我就能引出她？她死了，早被你们逼死了。"顿了顿，笑意越盛，眼睛里却闪着怨毒的光，"你可知她死前说的最后一句话是什么？她说若此生不曾与你相识该有多好！"

若此生不曾与你相识该有多好，没有鲜血没有杀戮，我会努力报仇，然后，带着阿姐好好活下去，从此平安和顺地度过余生……

男子脚下一个踉跄，重重栽倒在地上，他身上的伤尚未完全愈合，这般突然地撞在地上，只会再度撕裂他的伤口，他却不管不顾。

无人知晓殷红的血已然染透玄色华服，莹白的梨花在他头顶晃动，他微微眯着眼，似又看到那个冷艳的红衣女子站在桃花树下，一脸平静地道："我若死了，阿姐又该怎么办？"那时她的声音很轻，仿佛比窗外飘然落地的桃花还要轻上几分，落入他心中却如泰山压顶般沉重。

心便是从那时开始动摇的吧。

卷 一

双 身

一、"包子,我要很多很多的包子!"那把嗓音的主人答得铿锵有力。

豆大的雨拼命地砸落在他身上,肮脏的雨水浸湿他的衣衫,渗入他的伤口,那是比饥饿更要命的痛。

雨整整下了三日,他亦在这里趴了整整三日。

饥饿与疼痛交织着,汇聚成死亡的力量,在他体内不断叫嚣。他想,他大概是活不过今日了,他甚至都能嗅到,背部的伤在雨水的浸泡下开始腐烂的味道。

"阿姐,你可千万不能乱吃东西了,有些东西是宁愿饿着也不能吃的,会死人的。你知道什么是死吗?就是永远地睡着,再也醒不来了,多可怕呀!"

淅淅沥沥的雨声里,混入一把稚嫩的嗓音,背上仿佛被谁踩了一脚,背部传来的剧烈疼痛迫使他发出一声闷哼。

"呀,踩到人哪!"

那把稚嫩的嗓音再次响起。他的头被人抬起,然后,对上一双波光流转的眼睛。

"原来还剩一口气,没死呢。"语落,抬起的头又被人放下去。

像是溺水的人在这一刻见到了救命的稻草,他用尽全身的力气伸出一只手来,抓住那人细得不可思议的脚踝:"救命……"

抓住脚踝的手指却被一根一根掰开,稚嫩的声音又在头顶响起,声音里有着不符合实际年龄的成熟与市侩:"我们连自己都救不了,又谈何来救你?"

听起来像是拒绝,实则是在与他谈条件,他又怎会听不出来。

"你想要什么?"五个字仿佛用尽了他身上所有的力气。

"包子,我要很多很多的包子!"那把嗓音的主人答得铿锵有力。

他有一瞬间的失神,怎么也没料到会得到这样的答案,半晌以后,再次积攒起了力气:"拿我的腰牌去找一个人……"

"早知道听风轩这么远,就不答应那人了。"叶蔓一屁股坐在台阶上,揉着她已然发酸的小腿,口中念念有词,"也不知跑这趟腿能换来几个包子,够我们吃几天呢?"她越想越觉得不划算,心中暗自想着,回去的时候定要与那人谈好条件,五个糖包、五个肉包,再来五个菜包,绝不能再少了。

沉重的木门被人从内拉开,一个儒雅的白衣男子从内跨出,不动声色地将叶蔓打量一遍。

坐在台阶上的少女七八岁的模样,头发极长,即便是穿着破烂的麻布衣也遮掩不住她的好容貌。

男子尚未发话,叶蔓就察觉到又有人来,她猛地一抬头,只见一个二十来岁的年轻男子正若有所思地望着自己。

男子淡然收回视线,沉吟道:"你便是送令牌之人?"

"唔,是的,是的。"叶蔓点头如捣蒜,像倒豆子一般噼里啪啦把事情的原委说了出来,"我与阿姐本欲离家找些吃的,结果在家门前看到一个穿着斗篷的奇怪男子,他一把抓住了我的脚踝,说我若是救了他,他便请我吃包子……"

那男子听后并无任何表示,只眯了眯眼,眼中似有凶光一闪:"你可有看到那人的脸?"

这问题让叶蔓觉得诧异，她都把那人的头抬起来看了，又怎会没看到他的脸。叶蔓既然能用救人做条件换包子吃，自然就不是一般的八岁稚童，她何其敏感，又怎会没看见男子眼中一闪而过的杀机。虽依旧不明白男子这么问的用意，却已经明白，她看了不该看的东西。

　　"没有呢。"叶蔓嘟着嘴，佯装生气，"那人身上穿着大大的黑色斗篷，整张脸都被遮住了。我怕他赖账，想看清他的脸，他却一直躲躲闪闪，不敢让我看。"

　　叶蔓演得自然，年纪又小，男子自然而然就打消了顾虑。

　　他却忘了，自家主子可是在十二岁那年就卷入了权力的旋涡。

　　叶蔓所谓的家不过是个长满荒草的破庙，接连下了三日的暴雨，让整个破庙寻不到一处干燥的地方。

　　甫一踏入庙门，就有股阴冷潮湿的味道扑面而来，男子微微皱起了眉，在破庙门口立了好一会儿，才不情愿地把脚踩在庙内积攒着淤泥的地上。

　　叶蔓清楚地发现，当淤泥漫过他鞋底，浸染在他雪白的鞋面上时，他懊恼地皱起了眉。

　　叶蔓低着头，暗自撇撇嘴，心道，这是他自己弄脏了靴子，千万别克扣她的包子才好，否则她家阿姐可真得饿到生啃耗子了。

叶蔓这般想着，尚未来得及看清庙内事物，就听头顶传来男子的抽气声，顺着男子的视线望去，叶蔓登时瞪大了眼睛，像离弦之箭一般"唰"地冲了过去。

稚嫩的咆哮声赫然在破庙内响起："都说了不能乱吃东西！都说了不能乱吃东西！"

她的对面站了个容貌与她相似的少女，穿着同样破烂的麻布衣服，一样把长发织成了辫子，唯一不同的地方是，那个少女小小年纪就满头花白的发。此时她的嘴角还挂着一丝暗红的血迹，被叶蔓这般怒斥，她似乎很是委屈，瘪了瘪嘴，从喉咙里挤出三个字："阿华饿。"

"再饿也不能吃这种东西！"小小的少女声音里有着不容置疑的威严，话音刚落，从阿华口中夺来的死耗子被叶蔓一脚踩入淤泥里。

白衣男子不愿看这种画面，撇开脸，轻咳一声，以证明自己的存在。

直至此时叶蔓才意识到自己带了外人，试着解释："我家阿姐打出生就被仇家丢到了深林里，去年才被寻回……"

白衣男子却嫌恶地掩住了口鼻，只冷冷问道："那人在哪里？"

叶蔓本就不打算解释，只是怕吓到了男子，不肯兑现那十五个包子而已。

既然男子并无想听的意思,她也不再继续,遥遥一指左侧的偏殿,道:"正殿太湿,我把他安置在了那边的房间里。"

男子衣袖翩飞,足下一点便掠至叶蔓所指的偏殿里。

叶蔓叹为观止,更是明白他们绝非普通人,与此同时又有些顾虑,黑袍少年连脸都不能让人看,会不会是他们做了什么见不得人的事?

叶蔓尚未将思绪理清,站在她身侧的阿华便龇着牙死死盯住偏殿,喉咙里发出急促而低沉的声响,像只发现危险的狼崽子。

两姐妹之所以能活到现在,一方面是靠叶蔓的智谋,另一方面是依靠阿华猛兽般灵敏的感应。

"跑!"叶蔓想都未想,便拽着阿华往破庙外跑,几乎是同一时间,一支足有三寸长的袖箭呼啸而来,钉在叶蔓先前所站之处的柱子上。

叶蔓更是吓得魂飞魄散,没命地拽着阿华一路飞奔,才奔出破庙不久,庙内便传来一阵让人头皮发麻的嘶吼声。叶蔓的眼泪都被吓出来了,却没敢回头看,一边抹着眼泪,一边拽着阿华拔足狂奔。

叶蔓没看到的是,她离开不久,原本像淤泥一样趴在地上的黑袍少年赫然站了起来,瘫软在地的男子却被剥去了那身白衣。

黑漆漆的火石擦出了亮眼的火花,落在男子的尸首上,瞬间燃起熊熊烈火。

而那原本着黑袍的少年却换上了白衣，不过须臾就换了张与白衣男子一模一样的脸，正透过破烂的窗户，若有所思地望着叶蔓与阿华不断缩小的身影。

二、那一日，叶蔓记住了他宛若朝晖的笑颜，亦记住了他的名字。

"且说那帝巳昏庸无能沉迷女色，对妖妃桃华言听计从，惹得天怒人怨……"

茶楼里，说书先生抱着一把三弦琴，绘声绘色地讲述着那段逝去的历史。

叶蔓趴在红木雕花窗外听得津津有味，时不时还回过头去和阿华聊上两句。阿华自是答不上她的话，与其说她在与阿华聊天，倒不如说她是在自问自答。

叶蔓和叶华两姐妹本是姜国人，却也对那妖妃桃华有所耳闻。

延续了数百年的大楚天子昏庸无能，沉迷于女色，对妖妃桃华言听计从，最终却命丧于自己最宠爱的女人手中。昏君丧命，皇室权贵为夺皇位骨肉相残，各地藩王也乘此大乱，纷纷自立为王。又经过几百年的战乱，弱国不断被强国所吞并，上演了不下千次弱肉强食之道，最终天下四分。

其中国力最为强盛的姜国位于气候宜人物产丰富的江南一带，又以盛产美人而享誉天下，乃是四国里实力最强盛的存在；越国位于姜国东部，多俊秀山岭，素有"越国山水天下绝"之称；位于西北部的晋国矿石资源丰富，民风彪悍，连女子都舞刀弄枪；楚国三面环海，位于东北处，且是四国中唯一以商为本的国家。

叶蔓正听在兴头上，身后突然传来阵阵喧哗声，转过身去，却见远处跑来一队穿着软甲的骑兵。

"圣女的花车要来了！"人群中不知是谁发出第一声呐喊，路两旁的商贩皆拖着装了商品的板车往外挪，空出一条宽敞的青石板道。

叶蔓从未见过这架势，不知接下来将发生何事，只见茶楼里的说书先生已然放下手中的三弦琴，第一个冲出茶楼，双手合十伏跪在地，口中高唱："圣女功德无量！"

说书先生这一高唱引得路人纷纷下跪，皆高唱："圣女功德无量。"

叶蔓虽尚未弄清楚状况，却也扯着四处张望的阿华一同跪在了地上。

众人跪下不过半盏茶的工夫，远处就传来了丝竹弦乐之声，隐隐还能听到有人在唱赞歌。

"十里桃花，执剑美人华，薄刃染血东风杀，金戈斩铁马……"两排着粉白襦裙的少女手捧桃花，低低吟唱古老而苍凉的歌谣。八匹通体雪白的骏马拉着一辆极尽奢华的金丝楠木车辇，踩着桃花铺就的地毯缓缓前行。

若有似无的桃花香在鼻尖萦绕，阿华好奇地抬起了头，被叶蔓瞧见，赶紧将阿华的脑袋按了下去。

新选出的圣女盛装端坐在宝座上，面无表情地接受着众人的参拜。

春风微寒，掀落几朵桃花擦过她的脸颊，她的视线顺着纷飞的花瓣移去，最终落在一个紫衣少年身上，露出一丝意味不明的笑。

若是叶蔓见到了那紫衣少年，第一反应定是压低身子，最大限度地削弱自己的存在。

那紫衣少年不是别人，正是她那日救回破庙的黑斗篷少年。

"真可笑，这群愚昧无知的百姓竟把一个踏着白骨向上爬的恶鬼当作神女。"紫衣少年懒懒趴在雕花木栏上，俊美无俦的面容上满是讥诮之色。

"百姓只需要一个信仰，于我们而言，那人是恶鬼还是神女又何妨？"站在紫衣少年身后的白衣男子柔声道。

这白衣男子亦是叶蔓从听风轩请来的那位，若是让叶蔓看到两人都活生生地站在这里，也不知会作何感想，大概第一反应便是跑吧。

"也对。"紫衣少年轻声应和着，少顷，又发出一声喟叹，"你说我怎就找不到荼罗这样的好苗子？"

白衣男子只笑笑："公子不必艳羡。"又瞥了一眼不明就里的紫衣少年，转睛望向远方，目光深远而悠长，"刚放出笼的恶兽又怎会不噬主？"

楚国乃是当年的妖妃桃华与大司马之子姬旸所建，相传大楚还未覆灭之时，桃华便四处搜罗童女，组成一支名唤桃花杀的刺客组织。桃花杀亦桃花煞，以美色猎杀，本以为是命中桃花，却是煞。

大楚覆灭，桃花杀不但没有解体，反倒逐渐壮大，成为楚国跻身强国的秘密武器，只有王室血脉才有资格知晓它的存在，一时间还在楚王室中传出"得桃花杀者得天下"之说。

丝竹之声渐远，伏跪在地的百姓们纷纷起身，直到人群散开，叶蔓才慢吞吞牵着阿华起身。

若只有她一人，混在人群里定十分难找，如今她身边牵了个满头华发的阿华，甭提有多显眼。立在茶楼里的白衣男子话音刚落下，立马就看到站在包子摊前，直勾勾地盯着蒸笼里大肉包的叶蔓。

他嘴角勾起一抹意味不明的笑，与那紫衣少年道："公子且看……"

深吸一口气,嗅足了大肉包的味道,叶蔓才拖着仍睁大了眼睛盯住肉包的阿华,往茶楼里走。

刚要跨过门槛,就有一个白衣男子堵在门前,叶蔓的视线从对方的胸口处往上移,划过修长的脖颈、光洁的下巴、挺直的鼻梁,最终定在了那双似笑非笑的眼睛上。

叶蔓登时愣住了,艰难地咽了口唾沫,拽着阿华转身就要跑。

还未跑出几步,叶蔓就发觉自己的脚怎么也接触不到地面,整个人都在凌空晃动。

知道自己在劫难逃的叶蔓赶紧给阿华使了个眼色,猛地一推阿华的手臂,想让她赶紧逃。阿华心智不全,又岂能看懂叶蔓所要表达的意思?她只知道自家妹子被人拽着领子拎了起来,第一反应便是扑上去咬那人的手臂。

叶华甚至还没那白衣男子胸口高,白衣男子长臂一伸,轻轻松松抵住她的头,她便无计可施,最终落得和叶蔓一样的下场,被白衣男子拎在手臂上晃啊晃。

叶蔓以手掩面,简直痛心疾首。

阿华不明所以,依旧张牙舞爪地悬在半空中瞎扑腾。

就在叶蔓垂头丧气地歪着脑袋，权衡着自己该一脸谄媚地说"好汉饶命"，还是满脸硬气地道"要杀要剐悉听尊便"时，眼前赫然出现一个白白胖胖的大肉包。那香味像是长了翅膀，不断地往她鼻腔里钻，努力咽下就要溢出嘴角的口水，她定下心神，故作镇定地问了句："这是？"

朗润的声音从白衣男子身后传来，只见一个穿着紫衣的少年郎端着包子笑盈盈映入她眼帘："跟我们走，这些包子就都是你们姐妹二人的。"

叶蔓简直快被吓得魂飞魄散，他们两人怎会一同出现？！

当日她虽不知偏殿里究竟发生了何事，却也能大致猜到，定是那两人发生了争执，且有一人在偏殿里丧了命，否则又怎会发出那般可怖的声音？

瞬息间，叶蔓脑子转了转，却怎么也想不出个所以然来，最后只能猜想，或许当日那白衣男子是在替黑斗篷的少年接骨疗伤，所以才会叫得这么惨烈吧。

除此以外，还有一点也让叶蔓觉得奇怪，那便是白衣男子所散发出的气息，那日的白衣男子傲气又冷漠，今日瞧上去分明要温和得多，简直不像是同一个人了。

虽有满腹疑问，叶蔓却来不及思考这么多，毕竟还只是个半大的孩子，如今的她满脑子都是大肉包，不断在心中安慰着自己：他们若是真想害自己,又何必绕这么大个弯,直接动手就好。

沉思许久,她直勾勾地盯着那紫衣少年,一脸无邪:"除了包子,还有肉吃吗?"

少年微微勾唇,笑得很是好看:"不但有肉,山珍海味吃之不尽。"

叶蔓即刻眉开眼笑:"啊……我是叶蔓,她是我阿姐,你可以唤她阿华。你呢,你又叫什么名字呀?"

那一日,叶蔓记住了他宛若朝晖的笑颜,亦记住了他的名字。

"瑾,你可以唤我公子瑾。"

三、叶蔓被他带回去那日便明白,有些人生来就注定不凡。

叶蔓不知道为什么会做这个梦,那些事情已经过去整整七年了。每一个被穿心蛊折磨得死去活来的夜,她都会回想起那段记忆。她仿佛很久很久都没见到那个名唤林惜的白衣男子了,至于那个紫衣少年,她是常听人讲起的。

楚王最不待见的公子,单名一个瑾字,却愧对了这么个如玉的名字,整日拈花惹草,是个出了名的风流人物。

除此之外,她也常在公子卿的府邸上见到公子瑾,每一次他都要带好几个美貌的侍女回去,甚至有一次他还借着酒醉之名,闯入了培养她们这群死士的秘地。

说是秘地，却也只是个偏僻些的院落，并无任何异常之处。

公子瑾那一次的闯入，结束了叶蔓人生中最悠闲的时光。十岁那年，她与十五个朝夕相处三年的少女一同被送入桃花杀。五年过去，她再也未见过那个紫衣的少年，有关他的传言却从未在耳畔消失，那些传言每一年都在变。

第一年是说他酒醉调戏了公子卿的姬妾，公子卿一气之下，使计将他送往姜国做质子。

第二年，他不改风流本性，即便是到了姜国也不消停，四处乱勾搭，险些被姜国的公子们联合起来废了手足。

第三年，他得到倾城第一美人姜国王姬垂青。

第四年，他被遣送回国，打了人生中第一场，也是楚国史上最体面的一场胜仗。

第五年，也就是今年，他已手握兵权，敢与公子卿比肩。

他令所有人都大跌眼镜，叶蔓被他带回去那日便明白，有些人生来就注定不凡。

兴许是她今日消耗太大，以至于这个月的反噬来得格外早，太阳尚未落山，她心口便开始痛，像是一把生了锈的钝刀子在心口上不断地搅，又似有无数条细小的虫在啃食她心尖上的肉。叶蔓面色苍白地蜷曲在冰凉的石板上,她的下唇早已被尖锐的牙凿得一片血肉模糊,无边无尽的痛却仿佛未有穷期。

她已然痛得发不出任何声音,却还是强忍着痛,笑挤出一句话:"痛着痛着就习惯啦,阿姐你别哭,会引来敌人的。"

抱着她的阿华霎时捂住了嘴,眼泪依旧大颗大颗地往下掉,落在叶蔓面颊上,微微的凉。

叶蔓一手捏了捏阿华不断颤抖着的手,一手抚过阿华眼角,想要拭去她即将落下来的泪。这样一个简单的动作都未来得及做,堵住洞口的石块却赫然被人挪开,不甚清透的阳光一瞬间涌入她与阿华藏身的石洞中,刺得她一时间睁不开眼。

不过一瞬间的愣神,本还抱着她哭的阿华蓦然警惕起来,像只凶狠的野兽,死死瞪着靠在石块上把玩着匕首的少女。

"我只需一条骨链,你们自己决定到底谁死。"少女话音刚落,被她捏在手中的匕首便应声而落,掉在叶蔓身前。

叶蔓记性向来不错,对眼前这傲慢的少女自是有些印象的,若没记错,她似乎姓玉。

几乎是同一时间发动攻击,叶蔓忍住剧痛,握住刀直捅少女心窝,钻心的疼牵引着叶蔓全身,她竭尽全力一扑,余下的力气已不足以维持她将尖锐的匕首刺进少女身体。

少女发出一声冷哼，侧身轻易躲过这一击，她欲一脚踹在叶蔓身上，却突觉腰右侧一痛，原来是一同与叶蔓发动攻击的阿华死死咬住了少女。

叶蔓不再犹豫，一个猛冲，直取少女心窝。

叶蔓终究是有伤在身，力道软绵，一个不慎又被少女占了上风，不但被打飞了匕首，整个人都像断了线的风筝般飞了出去，重重撞在石壁上的她只觉喉头一甜，"哇"地吐出一大口血。

待到叶蔓"砰"的一声落了地，少女方才面色阴沉地瞥向死咬住她不松口的阿华，眯了眯眼，就欲一掌劈在阿华头顶。

趴倒在地的叶蔓目眦欲裂，她紧咬牙关想要爬起来，心口传来撕裂一般的痛让她再度不自觉地蜷曲成一团。眼看阿华就要遭那少女毒手，下一刻那少女竟瞪大了眼，僵直了身子直直倒在地上，露出站在她身后的那个粉面桃腮的少女。

余悠弦？

余悠弦是公子卿的人，正是与叶蔓一同被送来的十五人之一。她虽从未与叶蔓看对过眼，叶蔓却知道，比起别人，余悠弦反倒更可靠，起码不会要自己的命。

叶蔓赫然松了口气，阿华连哭带喊地跑到她身边，余悠弦则满脸鄙夷地斜了叶蔓一眼，才蹲下身解下系在那少女脖颈之上的骨链。

待收好骨链，余悠弦才悠然地踱着步子，走到叶蔓身边，喂给她一颗碧绿的药丸，末了还不忘给叶蔓送去一个讥诮的笑："也不知你究竟是怎么被选上的。"

余悠弦此人心肠虽不坏，但那张嘴却是真真正正惹人嫌。相识五载叶蔓就从未从她口中听过什么好话，公子卿却自始至终都宠着她，越发助长她的气焰。

若在平常，叶蔓定然会想办法反驳回去，此时此刻她是真没了力气，索性把余悠弦的话通通当作耳旁风，艰难地吞下那颗疗伤的药丸，闭着眼不作答。

这些年来余悠弦总是有意无意刁难她。叶蔓虽大部分时间都在装疯卖傻，却总能状似无意地说出些让余悠弦毫无反击之力的话。一来二去越发让余悠弦记恨上了，今日终于逮着了这么好的机会，余悠弦又怎会轻易放过她。

余悠弦还欲说出更难听的话，话尚未说出口，叶蔓却睁开了眼，一把截住她的话头："多谢相救。"那颗药丸虽是极佳的疗伤圣物，却依旧解不了叶蔓心窝子里传来的痛，她中的是蛊，是去公子卿府邸前夜就被种下的蛊。

未曾料到叶蔓会对自己道谢，余悠弦先是一愣，而后才皮笑肉不笑地道："公子总共就送来咱们十五人，而今只余你我、苏晚樱三人，我们理应团结一体，你说是也不是？"稍作停顿，她视线才触到阿华,便佯装惊讶,像是才见到阿华一般,"我倒是忘了,这也在十五人之列。"言下之意她从未把阿华当作人来看。

叶蔓气急,面上却不动声色,只是握住阿华的手又紧了紧。

她要沉住气,如今的她毫无作战能力,再气也只能忍着,不能与余悠弦发生正面冲突。她向来就是个有仇必报之人,即便不能当面报仇,她也要让对方不痛快。

想到此处,叶蔓索性不答话,一脸呆滞地望着余悠弦身后的洞口,好一会儿以后才将视线移到余悠弦身上,满脸疑惑:"啊?"

敢情自己说了这么一堆话都被当作耳旁风了,余悠弦气得几欲吐血,她睁大眼,瞪了叶蔓许久,才恨恨道:"也对,你身边还有这么个拖油瓶,又怎能安生?"余悠弦面上再次露出讥诮的笑,掏出一根骨链在叶蔓眼前晃,像是施舍一般丢在地上,"你即便是活着走了出去,手中骨链少了也是死。啧啧,拿着这条,你那好阿姐那儿也还有一条,三条骨链,倒也不至于最少。"

"哦。"叶蔓依旧呆愣地盯着面色复杂的余悠弦看了半晌,才蜷着身体捡起那条被余悠弦抛落在地的骨链,"多谢啊。"

余悠弦一口气堵在心口,毫无羞辱人的快感。

正思忖着该如何扳回一局,洞外便传来了苏晚樱的声音,余悠弦冷哼一声,踱步走了出去。叶蔓勾了勾唇,亦在阿华的搀扶下走出洞口,与余悠弦、苏晚樱二人聚首。

太阳终于落山了，沉重的石门赫然被人推开，弥漫在石室里的血腥味瞬间消散一大半，面目苍白的叶蔓在阿华的搀扶下，步履蹒跚地走出石室。

　　五年前，共有三百个童女被各方势力送往桃花杀，最后有资格进行最后一场厮杀的不过一百人，一百人中能够胜出走出石室的仅有三十余人，而这三十余人里，夺到了骨链的还不足一半……仅有十五人！

　　另一半没有骨链的少女将会被如何处置，叶蔓不得而知，她呆呆地与那些夺到骨链的少女站成一排，身侧的苏晚樱兴许是觉得叶蔓有些紧张，轻轻握了握手叶蔓的手，恬淡一笑："只要不是十五人中得到骨链最少的一个，就能活着。"

　　叶蔓也不知在想什么，依旧敛着眼睫，呆呆立在那里。

　　逮到机会的余悠弦再次出言相讽："姐姐是个傻的，妹妹是个呆的，果真是一家人。"

　　排在前面的少女一一交出自己所夺得的骨链，骨链最少的那个少女只交出了三条，从发觉自己骨链最少到现在，她都一直在哆嗦，只盼着能有个人比她拿出来的还要少。在她之后便是余悠弦，在众人惊叹的目光之下，她一口气拿出了十条，是目前为止拿出骨链最多的一个，连收走骨链的女侍都忍不住对余悠弦微微颔首。那只有三条骨链的少女面如死灰，又望向余悠弦之后的苏晚樱，然而苏晚樱却拿出了七条……

少女又是一阵面色发白，她用近乎哀求的目光望向叶蔓。

所有人都知道叶蔓有个心智不全的姐姐，即便她能凭一己之力夺个六七条，却还得平分，分给她那姐姐。那只有三条骨链的少女，脸上不禁带了些笑意，她命不该绝，总有人能替她去死。

叶蔓依旧是默不作声，活像只呆头鹅，直至女侍走近她身侧，她才从衣襟里掏出一大把用黑色绸绳系住的白骨链。

细细数了数，竟有十六条！

莫说其余人，就连那女侍都忍不住抽了口凉气，连带着看叶蔓的眼神都不一样了。

只有三条骨链的少女面如死灰，直接瘫跪在地。

余悠弦更是一脸不可置信地瞪了叶蔓好久，她从不知叶蔓能有这样的能耐。在她看来，叶蔓就是个运气好点的傻子，也正因为叶蔓总那么好运，才让她恨极了，凭什么她们费这么大的劲都得不来的东西，叶蔓这个呆子不费吹灰之力就能得到！

这次她又笃定地认为叶蔓只是运气好，更何况那些骨链是叶蔓与叶华两姐妹一起获得的，平分到每个人头上，也不过一人八条，她依旧是这次的魁首。

余悠弦虽这般想,但心中还是有些怨念,连带着看叶蔓的目光都冷了几分。

叶蔓却不顾众人或是震惊或是质疑的目光,再次拿出十九条,她苍白着脸,一字一顿道:"这些都是我们的。"

"轰!"在场之人仿遭晴天霹雳。

余悠弦一个踉跄,险些栽倒在地,好在苏晚樱眼疾手快,不动声色地将她扶了扶,才不至于让她当众出洋相。

四、那些话语在舌尖打了个转,皆被咽回喉咙里。

赤染殿里,荼罗抱着一只鸳鸯眼的波斯猫慵懒地倚在美人榻上,细细打量着伏跪在地的十四个少女。

冰冷的目光不断在十四个候选者头顶移动,最终停落在满头华发的阿华身上,她目光一顿,立于身侧的女侍便侧过身来,贴在她耳畔低语。

她眼中多了分笑意,那笑意却像是长了翅膀的冰锥子,直捅人的心窝子。

"都抬起头来。"

一股无形的威压瞬息笼罩而来,伏跪在地的少女们皆觉心神一荡，叶蔓更是觉得胸口一闷，险些吐出一口瘀血。这些通过最后一次考核的少女将会被派遣到各地执行刺杀任务，她们练习琴棋书画、学习各种暗杀之术，却从未学过正统的武功，纵然是一等一的杀人利器，却依旧是些身子骨娇弱的女子。

少女们抬起头的一瞬，已有两排举着银制托盘的侍女从两侧偏殿鱼贯而入，分别弓身站在这些少女身前。

也就在这时，叶蔓才看清了铺着红色绸缎的托盘里所装的物什——

五寸长，薄如蝉翼，细如柳叶，一头密密匝匝缠着水色的绢，在昏黄烛光的照映下，竟然还泛着幽蓝色的光，似剑似发簪。

只瞧一眼，叶蔓便已挪不开视线。

圣主荼罗的声音再度徐徐传来，原来这是一柄名唤绕指柔的剑。

荼罗的声音已不似想象中那般冰冷，反倒有丝不易察觉的娇媚，"你们就似这绕指柔，瞧着柔弱不堪一击，实则无坚不摧。"

像是为了印证她所说的话，端着银托盘的侍女们腾出右手，捏住缠着绢布的剑柄，轻轻往银托盘上一划，只听"叮咚"一声，银制的托盘已然断成两截，横在光可鉴人的地板上。

本就静的大殿里显得越发寂静，荼罗单手支颐，好整以暇地扫视着伏跪在地的少女们，也不知在想些什么。

按道理赐完剑以后就该马上给少女们赐名，荼罗却一直慵懒地靠在美人榻上，不再开口说话，从上一句话到现在已过一盏茶的工夫。别说是一直被蛊毒折磨的叶蔓，即便是只受轻伤的其余十三个少女都开始有些坐立不安，不安源于未知，她们根本就看不透荼罗，猜测不到她下一刻究竟会做什么。

其余人或许能等，叶蔓却不能再耗下去，她必须在子时前服下解药，否则会万虫穿心而死！

再也顾不得这么多的她，硬生生扯出一抹笑，正欲开口说话，那歪倒在美人榻上的荼罗也适时发话了，她目光落至面色苍白的叶蔓身上，凉凉问道："你便是叶蔓？"

叶蔓双手高举，再度行了个礼，方才温顺地答了声："圣主圣明，奴婢正是叶蔓。"

荼罗面上依旧看不出什么表情，她目光又在一脸紧张地缩在叶蔓身后的阿华身上流转一圈，最后再度回到叶蔓身上："你们是双生子？"

叶蔓恭恭敬敬点头："正是。"

"很好。"直至这时，荼罗方才露出一丝意味不明的笑意，"既然你们是双生子……"面上笑意更盛，荼罗的声音里听上去甚至有丝轻快了，"不如共用一个代号吧，你名字里有个蔓字，她名字里有个华字，你叫曼珠，她叫沙华，再合适不过了。"

茶罗笑容越璀璨，叶蔓心中越是不安，本就苍白的脸越发没了血色，连同其余伏跪在地的少女们都有些神色莫名。曼珠沙华这种花，花叶永不相见，有花无叶，有叶无花，又时常长在坟地里，最不吉利的花恐怕就是它了。

叶蔓虽在心中咒骂茶罗，却也只能将那些诸如祝茶罗早日变秃头之类的"祝福语"压在最深处，一脸柔顺乖巧地垂首接受这个诅咒一般的名字。

历代圣主都忌讳替刺客取与自己相近的代号，茶罗却忘了。

上一任圣主代号乃是曼扎，本就是曼茶罗花的别称，茶罗一来就被赐名曼茶罗，后来……曼扎果然死在了她手上。

十四个少女皆被赐名，且分下居住的院落时，月已上中天，正逢子时。

仿佛有什么东西在心里不断撕扯，一波又一波尖锐的疼痛如同海水般涌来，寸寸覆盖住叶蔓的身体，疼到不行之时，她红着眼睛，如同丧失了理智一般地抽出插进发髻的绕指柔，就要往自己心口捅，想要把那些不断作恶的蛊虫捅个稀巴烂。

阿华的哭声仍在耳畔萦绕，叶蔓只觉后颈一重，整个人都失去了意识，歪倒在一个不算陌生的怀抱里。

再度醒来的时候，叶蔓发觉自己已然躺在了床上，心口不再疼，嘴里也弥漫着些若有似无的药草味。

　　大抵是有人给她喂过药了，至于那药是如何被喂进去的，她也不打算去细想。

　　她软绵无力地从牙床上爬起，赤着足踩在冰凉的地板上，绕过勾画着美人图的屏风，叶蔓瞧见阿华枕在一个黑衣男子的腿上，睡得正香甜。

　　即便是远离深林多年，阿华身上依旧带着兽性，她鲜与人亲近，除却叶蔓，几乎无人能近她的身，眼前这个黑衣人倒是个意外。

　　这黑衣人无名无姓，自称是公子瑾身旁的影，每月月底都会突然出现给叶蔓送解药。他仿佛无处不在，无论叶蔓身处何地，他都能轻易找到，把那漆黑浑圆的药丸送到叶蔓手上，一送便是五年。

　　五年来叶蔓从未看清过他被黑斗篷所覆盖住的脸，叶蔓依稀觉得他定与自己当年所救的黑斗篷少年有所关联，却深知有些事是自己不该知道的，生生忍住了，只当自己什么都没发现，不曾去深究。

　　叶蔓视线尚未落到影被斗篷遮去一大半容貌的脸上，膝上便传来一阵剧痛，随之而来的是一声冷斥："跪下！"

　　叶蔓撇了撇嘴，虽不大情愿，却还是说跪就跪，膝盖扑通一声撞地，毫不犹豫。

　　"你可知自己错在哪儿？！"

　　叶蔓漫不经心，声音听上去毫无畏惧："不该在这个时候暴露自己的实力,引起荼罗的杀意。"

旁人或许还不知道,叶蔓却是再清楚不过的,能过石室那关,安然无恙地活下来的皆是圣主之位的替补。圣主若是突然暴毙,则会从她们这胜出的十四人之中诞生一位新的圣主,甚至,若觉得自己实力超然,可直接与向圣主发战帖,斩落现任圣主人头,即可成为新的圣主。说起来这也是件纠结的事,实力太弱无法活命,实力太强又会被圣主所忌惮,说不定还会被视作眼中钉,处心积虑想除掉。

而今叶蔓所表现出的实力,大抵已让荼罗忌惮了,就是不知她会选择在何时拔掉叶蔓这根眼中钉。

像是被叶蔓这毫不在意的模样给惹恼了,影声音里透着丝丝寒意:"好。很好。"锐利的目光不断在审视叶蔓,"你明知故犯,可有理由来解释?"

叶蔓一脸无所谓,把头摇得异常坚定:"并无。"

"身上的伤不准擦药。"影的声音越发冷冽。

叶蔓也不敢造次,嘴上虽应是,心中却在想,他只说不能擦药,又没讲不能吃药,兴许,口服比外擦更管用。

兴许是看透了叶蔓的心思,又或许是这些年的接触,让他摸透了叶蔓的性子,影又冷不丁补了句:"口服外用皆禁止。"

叶蔓恼羞成怒地瞪大了眼,她气急反笑:"您倒是还能再补充一句，连食补都不行！"

也不知影是真被叶蔓提醒才想起的，还是他故意的，他当即又冷着嗓子补充了一句："你倒是提醒了我。"

叶蔓再也无法淡定了，动了动唇，欲反驳，反驳的话刚要说出口，她才愕然想起，如今的她尚无与人对峙的底气。那些话语在舌尖打了个转，皆被咽回喉咙里。

这种憋屈的日子她是真不想再过下去。

只想着将来若有机会，她定要将影扒光了拖去游街示众！

五、我会替你照顾好你的阿姐，替你扫去一切后顾之忧。

翌日清晨，敲门的女侍送来了消息。

叶蔓将被送往南疆刺杀巫蛊王，巫启。

得知这一消息的时候，叶蔓正站在菱花镜前替阿华梳发髻。

每一个候选者都将在今日被分配任务，却无人似叶蔓的任务这般凶险，与其让她去刺杀南疆巫蛊王，倒不如让她直接抹脖子自尽来得痛快，落到巫蛊王手中，还真能体验一把生不如死的滋味。

最后将云脚螺纹紫宝石钗插在阿华雪一般的发上，又以犀角梳将垂落在阿华肩头的发再理顺了些，叶蔓方才转过身去，接过女侍手中的托盘，表情无悲无喜："还请女侍大人禀告圣主，曼珠定不辱使命。"

　　女侍神色莫辨地退了出去，叶蔓这才掀开覆在托盘上的红绸，瞧见一本精致的小册子。

　　本子里记录的皆是巫蛊王巫启的生平事迹。

　　白色的墙面突有黑影浮现，披着黑色斗篷的影赫然现身，立在叶蔓身后。

　　待确认阿华的妆容完美到无一丝纰漏，叶蔓才坐在另一条春凳上，握着蘸满朱砂的笔，在自己的眉心处画上一朵殷红的梅花花钿。

　　沉默许久，影方才开口，声音里隐隐带着怒气："你倒是好算计！"

　　叶蔓捏着笔的手一顿，转身朝影盈盈一笑："阿蔓不知影大人所指何事。"

　　影一声冷哼："还能有何事？你刻意惹怒茶罗，为的就是造成今日之局面吧！"

　　叶蔓仍装傻充愣："阿蔓愚钝，仍是不懂影大人所指何事。"

　　影不想再与叶蔓纠缠下去，从袖中掏出一张暗黄的纸，以内力推送至叶蔓手上。

　　那是一张记满了姜国诸暨城叶家近百年内所有大事的纸。

　　姜国诸暨城叶家善使毒，本是流传了上千年的大家族，却在七年前的一个夜晚被人灭了门,而灭门之人正是南疆如今的巫蛊王,巫启。

叶蔓只低头看了一眼,便随手将其丢入身侧的瑞脑沉香炉内,昏黄的纸张团出橘色的光,映照在叶蔓脸上,叶蔓面上的笑,一寸一寸收紧,她不甚在意地道:"对呀,我就是刻意而为之的。"影不曾逼问,她便双手环胸,将自己的计谋全盘供出,"早在一个月以前我便打探到了,有刺杀巫蛊王这个任务。我刻意引起荼罗的杀意,为的就是得到这个刺杀巫蛊王的机会,他屠我叶家满门,总该付出些代价,这个机会我已等了七年。"顿了顿,尾音上扬,带着些许挑衅的意味,"怎么?知道真相了,就想杀我?"

叶蔓看不到影的脸,却能发觉他身上并未散发出那种想要夺人性命的冷冽气息。

说不紧张是不可能的,叶蔓却在赌,她赌影定不会将这事透露出去,否则他又岂能眼睁睁看着她将证据烧毁。

更何况……她坚信,他对她终究是有些不一样的。

许久,影终于出声:"不,我不但不会杀你,还会替你照顾好你的阿姐,替你扫去一切后顾之忧。"

叶蔓虽早就意料到了,却依旧不冷不热地道了句:"你会如此好心?"

"嗬,自然是有条件的,你很快便会明白。"

……

马车微微晃动,叶蔓换了只手支撑着脑袋,继续盯着那本写满蝇头小字的册子。恰好看到巫启八年前叛逃出白家,后又以一人之力灭了姜国诸暨城叶家满门。

看到此处,叶蔓捏着小册子的手不仅紧了紧,也就在这时,马车猛地一个碰撞,马车外传来震耳的厮杀声,血腥味瞬间蔓延整个车厢。叶蔓神色不变,左手支颐,右手依旧托着那本小册子,直至看完一整页,她才缓缓抬起了头,推开木质的车门,望向车外。

如今他们正位于楚国与南疆的交界处,此处乃是一片荒凉的戈壁,杀人夺财的响马贼层出不穷。

叶蔓最会演戏,一瞧见马车外凶神恶煞的壮汉,便哭了个梨花带雨。

那壮汉显然被叶蔓这一哭给唬住了,呆呆立在原地,尚未来得及做出任何反应,又见叶蔓眼睫上依旧挂着泪水,却朝他娇羞一笑,像是由衷地感叹:"大叔,你脸上的麻子分布得可真均匀。"

叶蔓一脸真挚,那壮汉一时间还真搞不明白,她是刻意辱骂自己,还是无意之举。

一个分神壮汉便觉面上一热,竟是被叶蔓撒了一脸的白色粉末,粉末甫一沾到肉,壮汉整张脸便开始溃烂,不过须臾,就哀号着倒地,已然没了生息。

壮汉身后的小贼们纷纷像是见鬼一般地瞪着叶蔓,叶蔓却霎时收住了眼泪,涂得殷红的唇微微勾起,一步一步笑着逼近。

先前那一幕来得太过突然,叶蔓又容貌摄人,此时天渐渐地黑了,她艳红的裙裾迤逦在黄沙地上,勾勒成一道触目惊心的景。

有人不信这个邪,朝地上吐了口唾沫,握住手中的阔背大刀冲了上来,口中还念念有词:"看俺不斩了你这妖女!"

"嗬!"叶蔓发出一声低笑,在场之人甚至都没看到她何时出的手,只见一阵风吹来,那冲动之人便用力扼住自己的脖颈。那画面过于诡异,在旁观者看来,他分明就是被人夺去了心智,自己在掐自己的脖颈,不过几秒,他便涨红着脸,挣扎着断了气。

无一人再敢招惹叶蔓,皆像看恶鬼修罗似的望着眼前这个红衣猎猎的美貌女子。

再无响马贼敢贸然行动,在马车外围围成一圈,静观其变。

凭借叶蔓的能耐,将这些响马贼尽数拿下都不成问题,但她所求的却不是剿匪。视线在身前雪白的马匹上流转一圈,她微微勾起了唇,赫然从发髻上拔下绕指柔,一把斩断系住马匹的缰绳,翻身跃上马背,一路策马而去。

呆愣的响马贼们这才缓过神来,骂骂咧咧地追了上去。

夜色已深，朦胧的弯月高高悬挂在天际，马蹄声一阵一阵地在枯木林里响起，惊起夜鸦无数。

一群举着火把四处寻人的响马贼不断在枯林里兜着圈子，他们一路追踪叶蔓至此地，起码在这林子里兜了半个时辰的圈子。

响马贼们新推选出的大王晦气地吐了口唾沫星子，那小娘们邪乎得很，先前是一心想替自己大哥报仇，直到现在他才发觉不对劲，正常人家的姑娘，哪会穿这么艳跑到这种荒郊野岭……他越想越觉得害怕，连同叶蔓那张脸都被他否决，正常人家的姑娘，哪能长这么好看，她分明就是来索命的艳鬼！

他身后的小弟也不禁怕了，哭丧着脸道："大王，再追咱就得到南疆了。"南疆人善用巫蛊之术，在姜、越、楚、晋四国人看来，那里就是有去无回的禁地。

新大王又岂不知道，他也想回去，又拉不下脸说自己迷了路，索性一直耗着，不断在枯木林内兜着圈。

而那被他认定为是艳鬼的叶蔓此时早就弃了马，藏匿于夜色中，专心寻找着藏匿于枯木林中的阵法生门。

巫启本不姓巫，乃是诸暨城白家人，白家人擅长阵法，家族繁盛之期，甚至替姜国国君布过行军的阵法，替姜国国君困住了吴国的千军万马，让姜国从此跻身超级大国的行列。

一阵浓雾徐徐飘来，叶蔓终于找到了位于东南方位的生门，她刻意弄出极大的动静，让仍在原地兜圈的响马贼们注意到她这方的异常之处。

"在那里！在那里！"一个眼尖的小贼率先看到在夜色中现出身形的叶蔓，他嚷得正欢，大王却犹豫着是否该追上去。

叶蔓刻意回头看了一眼，露出慌张的表情，急急忙忙迈着步子冲入浓雾里。

本打了退堂鼓的大王这一刻像是受到了蛊惑，不再想其他，一个策马，立即追了上去。

身后不断传来细碎的马蹄声，声音像是极远，又似极近。

越往前雾气越浓厚，叶蔓压根不知自己在一片雾色中走了多久，待完全走出这片浓雾，朝阳已然冲破云层，洒下万丈光芒。

那突如其来的强光刺得叶蔓有一瞬间的失神，一直跟在她身后的响马贼们亦被这强光刺得眯起了眼。

眯眼的一瞬间，四周突然传来了阵阵叫喊声，叶蔓刚刚适应阳光，一低头就发觉自己颈部抵了把明晃晃的弯刀。

拿刀指着她的正是一个瘦高的南疆少年。

"中原人为何闯入我南疆？"他说着一口蹩脚的中原话，吐词虽不清晰，叶蔓却完全听得懂。

相较于叶蔓，其余被当地人用弯刀抵住脖子的响马贼可就没这么幸运，死活听不懂南疆人在叽叽歪歪说些什么，甚至有几个不听话的直接血溅当场。

佯装出一副害怕的模样，叶蔓全身都在颤抖，声音有些哽咽："我本该嫁去姜国，半路却遭响马贼袭击，也是误打误撞才闯了进来……"说到此处，她不禁瑟缩了一下，像是害怕极了，低声喃喃道，"我尚未见到郎君，我……还不想死。"

叶蔓这副梨花带雨的模样着实让人看了心疼，少年默默侧过头，不去看叶蔓的脸，声音依旧生硬："杀不杀你由巫蛊王定夺。"

即便是在美人如云的桃花杀叶蔓都算得上是顶尖的美人，寻常人见了她只会盯着猛看，只瞧一眼便把头撇开的却是少见。这少年的举动让叶蔓很是疑惑，莫非她最近变丑了，又或者说是南疆不时兴她这样的长相？

匪夷所思的叶蔓又朝那少年贴近了些，温热的话语喷在少年耳郭，声音更是软软绵绵的，教人一听就酥了半边身子："若是巫蛊王要杀我，你会救我吗？"

少年却即刻僵直了身子，蹿出两米开外。

六、他发出一声喟叹，你真真是像极了我一个故人。

听闻巫蛊王巫启去了稷山，三日后才能回来。

这三日叶蔓总能看到那个少年在地牢里晃悠，或是假意来审视犯人，或是装作不经意从这里路过，与看守叶蔓的南疆人拉拉家常……

叶蔓却不再像第一次那般主动去勾引少年，她一连三日都靠在墙上装忧郁，心中却在算计着，该如何在这少年身上套到有用的线索。

三日以后，巫启才出现。

巫启出现在地牢里的时候，叶蔓正躺在稻草堆上睡觉。

一只冰凉的手缓缓滑上叶蔓的脸颊，像是有毒蛇在攀爬，睡梦中的叶蔓赫然惊醒，睁开眼，恰好对上一双狭长的眼。

叶蔓一脸惊慌，忙向后退了好几步，直至无路可退的时候，她才贴着墙根无声落泪。

巫启似是很久都未说话了，声音无比干涩："怕我？"

叶蔓胆怯地点了点头，少顷又连忙摇头，垂着脑袋，低声解释："不是……我……"

巫启无意听叶蔓解释，目光仍在叶蔓脸上流转，最终落在那殷红的梅花花钿之上。

"你可是姜国人？"姜国人出嫁，额上皆会饰以梅花花钿，他已经很久没看到过额上饰着梅花花钿的女子。

叶蔓声音仍在颤抖："奴婢本是楚国人，夫君是姜国人。"

巫启不再言语，定定地望着叶蔓的脸，半晌，发出一声喟叹："你真真是像极了我一个故人。"

叶蔓自然知道巫启所指的故人是谁。

她的母亲，曾经的姜国第一美人洛笙。

一直垂着头的叶蔓微微抬起了眼，怯怯地望着巫启："那你能不能放我走？"

话音尚未落地，叶蔓便觉自己被一股巨力拉得往前倒，巫启将她死死拥在怀里，像是用尽了全身的力气。她觉得自己骨头都要被揉碎了，半晌以后，头顶才传来巫启的声音："不能，你哪儿都不能去。"

叶蔓勾起唇，薄凉一笑，声音里却带着悲怆与决然的贞烈："先生自重，奴婢已是有婚配之人。"

她不说还好，一说巫启反倒将她抱得更紧，这让他无端想起了陈年的往事，莫名就被扰乱了心绪，眉头也不自觉地皱起："你定要嫁给那人？"

"奴婢本无意，却有人硬逼。"叶蔓神色凄楚，眼眶里已有晶莹泪珠打转，沾染淡红色粉末的指尖似不经意拂过眉心花钿，一股若有若无的幽香霎时自她身上散出。

紧抱着叶蔓的巫启被这幽香勾得失了魂，那张梨花带雨的芙蓉玉面不断在他脑海里萦绕，耳畔是她一声又一声的凄厉哭音："奴本无意，却有人硬逼。"

抱住叶蔓的双手显然卸了力，巫启双眼迷离，已然陷入悲痛的往事里，叶蔓眯了眯眼睛，正欲拔下插在发髻里的绕指柔……

"阿笙不要走！不要走！"巫启眼睛里依旧一片蒙眬，他像是失去了控制般地再度抱紧了叶蔓，甚至连她的双手都被制住，整个人都被推倒在稻草堆上。

叶蔓弄巧成拙，懊恼不已，叶家的秘籍几乎都在巫启手中，在他面前弄毒无异于班门弄斧，叶蔓不敢冒这个险，只能再从长计议。

而今她双手受制，巫启又显然不清醒，不想被人白占便宜的她只能狠狠在巫启肩上咬了一口，这一口几乎用尽了她全身的力气，像是积攒了叶家上下五百多口人的怨气。

血的味道在口腔里弥漫，肩部传来的剧痛一下把巫启扯回现实，他面色阴沉地盯着因害怕而不断哆嗦着的叶蔓。

她眼里含着一颗尚未滴落的泪，殷红的血丝从嘴角一路蜿蜒到尖细的下巴，说不出的艳丽。

此时的巫启眼神清明,食指滑过叶蔓眉心上的花钿,嘴角一勾,露出一抹冷到骨子里的笑:"混了魅香?"

他本该一巴掌拍死这个来路不明的女子,可这张脸真真是像极了洛笙。

他又怎舍得让她在自己眼前消失?

叶蔓心惊,正是因为忌惮巫启,她才刻意减少了剂量,不轻易被人察觉的同时,药效也大打折扣。

压下心中的惊骇,叶蔓即刻反应过来,当下便红了脸,道:"我家阿娘说,此物能助兴……"尚有半句话在喉咙里打转,整个人就已被巫启打横抱起。

叶蔓一脸惊恐:"你要干什么?"

"不干什么,"巫启低沉的声音再度从头顶响起,"带你看个东西而已。"

巫启带叶蔓看的东西位于地牢最深处,与其说那也是地牢的一部分,倒不如讲那是个独立的温室。

那是一间由七彩琉璃拼凑而成的圆形建筑,里面种满姿态各异的奇花异卉。乍一看上去让人直呼惊艳,待到走近了,就能透过半透明的琉璃看到那些奇花异卉上爬满了各种蛊虫,再走近些又能发现,奇花异卉间藏着一具具干瘪的"尸体"。那些"尸体"早就不成人形,只能通过挂在他们身上的衣服隐约猜出他们的身份——那群紧追着叶蔓不放的响马贼。

血腥的场面叶蔓看得多了,却头一次见到这种。

猛地看过去,他们仿佛就像一条条风干的腊肉般挂在枝叶间,不断有蛊虫从他们口鼻出入,他们的眼睛却不断在扇动,甚至还有一人瞧见叶蔓靠近,拼命挣扎着,抬起了爬满蛊虫的手。他口中发出短促而激烈的嘶嘶声响,已然干枯的五指张开,像是想将叶蔓拖入地狱。

叶蔓惊叫出声,捂着眼睛缩入巫启怀里不停颤抖,不停发出尖锐的声音:"不要看!我不要看!"

冰凉的手指再次抚上叶蔓脸颊。

"过了明日,他们就将被蛊虫蛀空身子,只剩下一张人皮,成为装蛊虫的容器。"巫启的眼睛从未离开过叶蔓的脸,仿若痴迷,说出的话语却让人心悸,"阿笙,我如此爱你,又怎舍得让你做容器?"

三日后恰好是个良辰吉日,巫启边翻看着皇历,边捏着叶蔓的手腕。

她手柔弱无骨,肌肤更是如嫩豆腐般滑腻,练过武的人即便是保养再好，手上也多少会留些茧子。茧子的位置与所用武器息息相关，一个人若是使剑，他的虎口处必然会有一层薄茧；若是使飞刀类的暗器，指间肌肤必然要比别的地方来得粗糙。除此，巫启也曾多次探过叶蔓的脉息，并未发觉一丝内力，虽说世上藏匿内力的法子多得去了，他却不信，一个会功夫的人可以任凭别人握住自己的脉门，这是所有练武之人都忌讳的点。

兴许真如她所说，她身上的魅香只是用来助兴……

思及此，巫启看着叶蔓的眼神不禁多了几分深意，半盏茶的工夫以后，他终于开口说话，这句话一落下，叶蔓悬着的心也算是落了地。

"三日后是个良辰吉日，不能辜负了你这身嫁衣，我们成亲吧。"

只要消除了他的顾虑，她就还有机会。叶蔓心中虽松了口气，面上依旧露出一副敢怒不敢言的悲愤模样。

巫启垂了眼睑不去看她的脸，抛开皇历，拉住叶蔓的手腕，将她卷入自己怀里，像是呓语一般贴在她耳畔喃喃："从此再也无人能将我们分开了，我的阿笙。"

七、大抵只因那东西太过美丽，又求而不得吧。

整整三日叶蔓都被关在离巫启寝宫最近的偏殿里，按照南疆传统,婚前三日新人都不可见面,是以,巫启整整有三日不曾出现。

每逢日落都会有扎着满头细辫子的婢女引叶蔓去后山泡温泉,听闻可以驱散寒毒,是南疆人婚前的一大传统。最后一日,也就是大婚之夜,叶蔓足足在温泉里浸泡了一个时辰才被那婢女从泉水里捞起,晚膳所吃的东西也不沾荤腥,皆是些清淡的素食。叶蔓嘴里索然无味,与阿华一同逃亡的那些日子她真是饿怕了,往后的日子真是恨不得顿顿吃肉。

用过膳以后便是上妆盘头。

叶蔓真不敢在巫启面前使毒,她刻意将绕指柔装饰了一番,伪装成一支别致的发簪混入大婚时要戴的首饰里。

三千青丝绾作巍峨华丽的高髻,不过须臾,绕指柔连同那整整一托盘的发饰都被别在了叶蔓发间。

叶蔓端视着青铜菱花镜里艳光四射的自己,寻思着自己头上究竟有多少件杀人的利器。

喜帕即将被盖上,紧合着的雕花门却赫然被人推开。

一个手端托盘的婢女遥遥走来:"巫蛊王吩咐要将姑娘头上的钗都换成这些。"

托盘里放着的皆是些柔嫩的花,有些甚至还沾着细密的小水珠,一看便知是刚摘下不久的。

叶蔓气结，她可真没预料到巫启防备如此之深，让她拿这些花来杀他，其困难程度不亚于撞豆腐自尽。

叶蔓一直憋着没说话，生怕自己一开口就会骂人。

那端来鲜花的婢女将托盘放至叶蔓身前的梳妆台上便退了出去，叶蔓只得眼睁睁看着梳头的婢女一样一样替她卸去钗环。

叶蔓无比郁闷，却也无计可施，只能盯着那满满一盘鲜花发愣。

而后她却在不经意间看到一朵十分不起眼的小白花，那小白花看似普通，混在一束洁白的茉莉中毫不起眼，却叫叶蔓渐渐勾起唇。

郁结在胸口的闷意终于消散，她抑制不住地露出了笑意。

看来不止一个人想要巫启死。

果然天无绝人之路！

叶蔓不知自己顶着喜帕究竟等了多久，待到巫启推门而入的时候，她已靠在床柱子上睡了一觉。

即便是隔了一层喜帕，叶蔓都能感受到巫启今日喝了不少酒，他步伐不似平日那般稳健，听上去显得有些虚浮。

喝了酒更好，能成倍加快毒发的速度。

叶蔓瞬间清醒，挺直了腰杆等待巫启的到来。

喜帕"唰"的一下被巫启掀开，着地的时候还带落了一朵洁白的茉莉，下巴被一双冰凉的手抬起，叶蔓只瞧见一双醉意蒙眬的眼朝自己逼近。

　　细密的吻从眼角一路蔓延至脖颈，最后停留在锁骨，不断舔舐啃咬。

　　叶蔓扬起了修长的脖颈，微微眯起眼睛，她左手钩住巫启的脖颈，右手已然摸到发髻上那朵与茉莉混在一起的小白花。

　　"不专心？"锁骨处传来的濡湿感豁然消散，巫启盛满情欲的眼再度牢牢将叶蔓锁定，他声音嘶哑，像是竭力在克制，"待会儿莫怪我弄疼了你。"

　　叶蔓手中动作一滞，到手的小白花骨碌碌滚到殷红的裙裾上，白的花，红的裙，不能更耀眼。

　　叶蔓心中一紧，连忙睁大了眼望着巫启，不过须臾，眼睛里便有水雾在弥漫，像是委屈至极。

　　"怪我强行留你？"巫启低声一笑，像是自嘲，"我果然留不住你。"他声音里带着浓浓的倦意，像是对叶蔓说，又像是对已故的洛笙说。

　　"讨厌我，恨我又如何？你终究是逃不出我的手掌心。"

　　话音落下，叶蔓身上的嫁衣赫然被撕裂，她瞪大了眼，死死被压在床上，那朵洁白的小花亦随着嫁衣的残破而飘落，与那朵茉莉一同静静躺在青石板上。

　　如果说先前的吻是温柔缠绵的江南细雨，那么接下来的则是凶猛的狂风暴雨，叶蔓已分不清自己是真哭还是假哭，像是失去控制一般地放声哭泣。

　　她不知自己为何要经历这些，明明她尚未满及笄的年纪，如她一般年纪的少女本该窝在父母的怀里撒娇软语，她却要为复仇一次次经历生死，甚至还要献出自己的身体……

　　屋外的白墙上有黑影浮动，裹着黑斗篷的影静静立于屋檐下，宽大的黑色斗篷遮住了他的脸，亦遮住了他的情绪。

　　远处传来了急促的脚步声，像是有大批人马在逼近，他回头再望一眼，整个人如同一道黑影般融入到夜色里。

　　"砰！砰！砰！"

　　急促而剧烈的敲门声阻断了雕花木门里的一切声响。

　　半晌，里头才传来巫启明显带着怒气的声音："何事？"

　　敲门之人正是当日用弯刀抵着叶蔓脖子的少年，他敛眉站在门前，声音不卑不亢，是少年郎独有的清澈声线："山神发怒伤我南疆子民无数，还请师父再次开坛祭拜山神！"

　　又过了片刻，里边终于有了动静，衣衫半敞的巫启蹬上皂靴走了出来。

以弯刀少年为首的一群人浩浩荡荡簇拥着巫启而去，雕花的木门依旧是半掩着，少年转身离去之前，朝那缝隙里深深望了一眼。

即便深知有些东西不属于自己，也难免会心生贪念。

大抵只因那东西太过美丽，又求而不得吧。

森冷的月光倾泻在冰凉的青石地板上，趴在雕花龙凤床上的叶蔓眼睛里终于有了神采。她拭干眼角的泪，敛尽所有流露于表面的悲伤，赤着脚踩在地上，捡起那朵玉雕般的小白花，又随手抹了把脸，不禁发出一声感慨，莫非是自己入戏太深了？为何演着演着就真开始觉得悲伤了？

许久以后，又是一声叹息，她不去做戏子简直屈才。

灯，尽数被熄灭。

屋外传来轻轻的叩门声，叶蔓掀开包裹住自己的厚重锦被，声音里犹带着浓厚的鼻音："来者何人？"

"是我。"生硬的中原话在夜色中响起，想了想，那少年又补了句，"师父派我来请你一同观看祭山神。"

所谓的山神是一条头上长了冠的紫晶巨蟒，它盘踞在大理石堆砌而成的祭坛上，比叶蔓足足高出一个头的巫启站在它面前渺小得犹如一粒沙。

叶蔓大老远就瞧见了这所谓的山神，心中的惊骇是无法用言语来形容的。从前在桃花杀的时候，她也听过南疆山神的传闻，那时她只知南疆人自上古时期便有祭拜蟒神的习俗，更是有传说，南疆人如今所祭拜的山神乃是一条腰有水缸粗的紫晶巨蟒，剧毒，每月都得食活人。那时她还想一睹这紫晶巨蟒的风貌，如今一见，却是两腿发软，连路都要走不动。

立于叶蔓身侧的少年看出她的恐惧，他放柔了声音安慰道："莫怕，山神已被师父安抚，不会再随意发怒。"

叶蔓几经生死，几乎日日与阎罗王擦肩而过，那丝恐惧瞬间被她压在心底，心中已然镇定，身体却开始微微发着抖，且有越抖越剧烈的趋势，最后竟哀声祈求着那少年："我……可不可以不看这场祭祀？"

少年目光落到了迎风站立在祭台上的巫启，沉默良久，终是缓缓摇了摇头："大概是不可以的。"

叶蔓又软了语调："可是，我腿软，走不动了。"说这话的时候，她眸中波光一片，像极了稷山上漂了一池桃花的日月潭水。

少年面颊发热，心脏在胸腔里怦怦跳动着，仿佛下一刻就会冲出胸腔，"我背你"三个字险些脱口而出，最终还是生生憋住了。他解下自己束发的绸带，让叶蔓缠在手里，自己又握住另一头，就这么缓缓拖着叶蔓前行。

微凉的山风徐徐吹来，扬起叶蔓鬓角的发，溶溶月光晕在叶蔓莹白的脸上，微微透明，仿若羊脂白玉一般的质感，少年侧过脸，用眼角余光偷偷瞥去。

这段路本该很长，却在这样的月夜里变得格外短，一步万里也不过如此。

不知是凑巧，还是巫启的刻意安排，叶蔓刚落座，就有一个背部绘着蛇图腾的少女牵着一头浑身雪白的牛走上祭坛。

换了一身祭服的巫启双手大张，他口中念着古老的祭词，踩着诡异的步子围在山神周遭转了一圈，当他再度回到原先的位置时，手中已多了片柳叶似的小刀。他以刀刃划破自己食指，挤出鲜血在少女脸上画图腾，边画边以叶蔓听不懂的南疆话唱着古老的歌谣。

歌谣尚未停歇，又有背上绘着蛇图腾的壮年男子抱着整整一瓦罐鲜红的血走上祭台。巫启歌声越发高亢，一个转身，抱起那盛满鲜血的瓦罐，分别泼洒在少女、壮年男子以及白牛身上，鲜血的气息霎时弥漫在空气里，原本乖巧盘立着的紫晶巨蟒高仰着三角形的头颅，不断吞吐着猩红的芯子。

叶蔓心中一紧，拽着少年的衣服："你们该不会是……"

那少年甚至都来不及回答，叶蔓便听祭台上传来一阵响彻云霄的嘶吼声，带着扑鼻腥臭味的罡风猛地刮过她的脸颊……她甚至都没看清发生了何事，祭台之上便少了一人，而剩下的那个壮年男子正无比狂热地高举着双手，用叶蔓听不懂的话语高声呐喊着，像是无比期盼被那巨蟒所吞噬。

叶蔓接受不了这样的画面，她不忍直视地撇过了头，又有一阵腥风飘来，终于截断了那壮年男子的呐喊声。被拴在祭台上的白牛仿佛预知了自己的死亡，不顾一切地挣扎着，迎接它的却是紫晶巨蟒泛着寒光的獠牙。

……

餍足的紫晶巨蟒拖着硕大的身子隐入山林，长身立于祭台上的巫启亦遥遥望着面色苍白的叶蔓，他脚下一个轻点，身形快如鬼魅，几乎已不是人类可达到的速度，叶蔓只觉眼前一花，巫启已站于她身侧。

叶蔓满脸震惊，半晌说不出话来，巫启却眉眼低垂，拨弄着她戴在头上的花卉。叶蔓甚至都未缓过神来，他便拈起那朵混在茉莉中的小白花，轻轻弹落在地上，一脚碾下去，那洁白的小花瞬间化作了春泥。

"这花生得小巧可爱，全身却带着致命的毒，甚至用来养花的水都能取人性命。"

巫启话一落下，叶蔓与那少年都瞬间变了脸色。

两人各有所思，少年想的是叶蔓会不会有事，叶蔓想的却要更复杂，那些复杂的心思只在脑海里转了一圈，她便耷拉着眉眼佯装害怕，怯怯地望着巫启："那我会不会死？"

一把将叶蔓环入怀中，巫启笑得暧昧至极："我怎么舍得你去死，要死也该是那胆大包天的刺客死。"

八、世人都说唯女子与小人难养也，恰好她两者皆囊括。

那一日以后，巫启突然变得很忙，也不知究竟在干什么，甚至与叶蔓见面的时间都没有。叶蔓很闲，却一日更比一日焦躁，越闲想得就越多，也不是没道理的。

五日后，巫启找到了想借花杀人的刺客——那给叶蔓送鲜花的婢女。

她活生生被巫启炼成了尸蛊，整日面色阴沉地跟在少年身后走，她没有思绪，没有生命，只是一具移动的活尸。

在屋内闷得无聊了，叶蔓开始把注意力放在那具活尸上，起先，她有些害怕，不太敢靠近，待到后来，发现那活尸只会死气沉沉地瞪着虚空，便失了趣味。

是夜，叶蔓穿过长庭，遥遥望向伸入庭内的一枝桃枝，晚风袭来，卷落少许桃花，她伸手想去接，却兜了一袖凉风。

"喜欢这个？"右前方突然传来略熟悉的声音，叶蔓抬眸望去，只见一袭青衣的巫启折了桃枝送到她面前，"鲜花赠美人，收下。"

与其说是赠，倒不如说是逼迫着她收下。

叶蔓一脸不情愿，却也只能嘟着嘴将那桃枝收下。

她已在南疆待了近半月，她的期限是三个月，若无法在三个月以内杀了巫启，她也会丧命。有时候她甚至怀疑，自己都已服了这么多的毒，会不会练成百毒不侵的体质？

她本不是急躁之人，近日却格外焦灼，桃花杀里给的小册子，只记录了巫启的生平事迹，最最要紧的地方，比如说他的脉门却只字未提。她本就知道荼罗想取她性命，这于她而言倒也不算什么大事，真正让她焦灼的是，巫启此人。

她细细观察了巫启已有半月，这半个月里，她竟未在巫启身上找到一处可下手的破绽。

叶蔓犹自盯着那桃枝发呆，巫启却道："今晚不能再陪你用餐。"语落，他目光灼灼地盯着叶蔓的眼。

在那婢女被炼成尸蛊后的第三日，一直忙碌着的巫启突然有了空闲的时间，他却不再强迫叶蔓，他总能不厌其烦地与叶蔓玩着这种看起来毫无意义的游戏。叶蔓只觉他是换了种方式来折腾自己，心中虽不屑，却会意，忙做出一副忧伤的模样："记得早些回来。"

巫启古井无波的脸上露出些许笑意,他很是受用地眯着眼应了声。

叶蔓见机行事,又补了句:"你若迟迟不回来,阿笙会惦记。"

巫启面上的笑意逐渐扩大,一点一点沁入眸子里:"好。"

叶蔓额上花钿被轻啄一口。

残花散在微风里,巫启的身影逐渐远去,叶蔓将那被捏得零碎的桃枝一把掷在地上,转身又见白墙上浮出一道黑影。

勾了勾唇,叶蔓径直折回自己的房间,边走边露出一个不知是讥诮还是确有此感的笑:"这次送解药倒是来得早。"

影还未完全现出身形,远处便传来一声低喝,与此同时,一支淬了毒的箭破空而来,雪白的墙上霎时溅出一道血迹,那欲浮出墙面的黑影闷哼一声,失了踪影。

那个呆呆跟在少年身后的尸蛊终于起了作用,叶蔓只见她手持弯弓,面无表情地用南疆话说了些什么,就有一群着盔甲的南疆士兵围了上来。

其中领头之人赫然就是那少年,呆立在原地的叶蔓终于缓过了神,她提着裙摆奔到少年身侧,微微垂着脑袋,眼泪顷刻间涌了出来:"墙上是什么东西,我好怕。"

少年再度红着脸撇开了头,依旧神色紧绷地搜索着那道黑影的踪迹。

叶蔓虽仍在淌眼泪，却也在不着痕迹地四处寻找着。

大概是觉得叶蔓待这里会碍事，他瞧叶蔓一直傻傻杵在原地不说话，不禁开口道："我派人送你回去？"

听到这话，叶蔓就像只被惊吓到的小白兔，她一把揪住少年的袖子，苦苦哀求着："我怕，不想回去。"

少年有些无奈："有我们在，那东西无法作恶。"语落，一点点把袖子从叶蔓手中抽出，指派了个人送叶蔓回房。

叶蔓楚楚可怜，哭着闹着不肯离开，少年有些不忍，那一直保持沉默的尸蛊不似少年那般有耐心，一个手刀劈在叶蔓后颈上，直接让少年指派的人扛着走。

尸蛊那一下劈得极重，叶蔓虽没真晕却也头晕眼花，离真晕不远了。

绕过蜿蜒的长庭，再也感受不到别人探索的视线时，叶蔓方才睁开了眼睛，轻轻在扛着自己的人背上敲了敲，明显感受到那人身子一僵，叶蔓才直起腰，覆在他耳畔轻声道："解药。"

那人微微摇头，暗示叶蔓此处不宜交谈，叶蔓会意，却勾了勾嘴角，露出一抹不怀好意的笑，又在那人背上敲了敲，嘴里还嚷嚷："放我下来！"

叶蔓每一次敲打都恰好落在那人背部的伤口上，那人一路都僵直着身子，脚下步伐却更快，眨眼的工夫就到叶蔓所居住的寝宫门外。趴在那人肩上的叶蔓只觉他身上的血腥味更重，细细看去，竟有些许殷红的血渗透了盔甲。

世人都说唯女子与小人难养也，恰好她两者皆囊括。

既然他每次都能刻意拖迟时间来送药，她也不介意落井下石一次。

刚锁上房门，影便狠狠瞪了叶蔓一眼："你方才在我伤口上敲了整整五十四下，你说我该如何讨回？"

叶蔓摸着下巴，耐心纠正："你多算了三下，我总共敲了五十四次，却只有五十一次命中你的伤口。"

影一声冷哼："你倒是会算数。"

"来而不往非礼也。你次次送解药都要拖到最后，非得等我毒发才肯拿药出来，我只在你伤口上捅几下，已算是仁至义尽了。"话音刚落下，她又蹲下身来，在影脸上戳了几下，有些好奇地问道，"你该不会就长这个样子吧？"

影懒得再与她说话，她却直接伸手在影脖颈上游走，最终在他耳后摸到一层薄薄的膜，她不禁了然一笑："果然是戴了人皮面具的。"

她指腹在那层薄薄的膜上摩挲着，却没有将其掀开的意思。

叶蔓指腹又连续在上面游走几圈，一直保持沉默的影终于发话了："你究竟要摸到几时？"声音听起来竟有些懊恼。

叶蔓悻悻缩回手，尴尬地轻咳一声，连忙转移话题"给我解药。"

戴着人皮面具的影冷冷一笑："方才是谁说，我每次都非得等到你毒发才会交出解药？"

"你一定是伤得太重出现幻听了。"叶蔓一本正经地胡说八道，"我方才明明是说，影大人您每次都要跋山涉水给我送解药，实属不易。"

影斜了她一眼，眼中的嫌弃是无法用言语来形容的，他也懒得与叶蔓继续瞎扯，直接掏出解药放在她素白的掌心。

未料到影如此好说话的叶蔓登时眉开眼笑，一口吞下解药，还不忘咂吧咂吧嘴回味一番，这解蛊毒的药有多苦，影又岂会不知道，他想，这世上能把苦药当糖豆来吃的也就叶蔓一人。

是了，她这般没心没肺的人又怎会觉得苦。

望着她完全舒展开的眉眼，影有一瞬间的失神。

叶蔓眉眼轮廓极深，又生了副挺翘的鼻，不说话的时候总让人觉得不好靠近，像极了傲雪的红梅，冷若冰霜。可她一旦笑了，眼睛就会弯成月牙儿，左颊上的梨涡若隐若现，天真且烂漫。

影觉得自己大抵是中了邪，否则又怎会用天真烂漫这般美好的字眼来形容叶蔓这种满肚子坏水的女子。

叶蔓不知影心中所想，又立马问起了阿华："我阿姐如今怎样？"

影想都未想，便脱口而出："她很好。"

得到影的回复，叶蔓再次绽出一抹笑。

在叶蔓看来，影这人有时虽惹人厌了些，却算个靠得住之人，当即也不多问，只是笑笑："那便好。"

影道："没有其他想说的话了？"

叶蔓先是摇了摇头，随后想了想，又道："今日是她的生辰，千万要记得煮碗鸡蛋面给她吃，她不爱吃蛋黄，鸡蛋要用油煎得半生她才愿意吃。还有，若是有机会，可以替她办场及笄礼，哪怕观礼的人再少都没关系。还有，还有，定要记得告诉她，我现在过得很好，过完端午就能回去看她了。"

叶蔓说了一长串话，影莫名地觉得心里不是滋味，终究还是没说出"今日也是你生辰"七个字，刻意把重点放在端午二字上，挑着眉道："你说端午？"

叶蔓甜甜一笑："是的呢，端午。"

叶蔓没有明说，影却已猜到她的心思。

蛊本是邪祟的阴物，无论是蛊虫本身还是养蛊之人都最怕阳气，而五月五的端午又恰恰是一年中阳气最旺盛之日。

那些事虽与自己无关，影还是忍不住问了句："倘若端午那日你未完成任务，又该如何是好？"

"不知道呢。"叶蔓不自觉地卷着落在自己肩头的发，声音淡淡的，辨不出喜怒，"总该活下去的吧，我若死了，阿姐无依无靠的，该多可怜呀。"

捏住丹药的手一顿，影愣了好一会儿才把手中的疗伤药丢入口中。

很久很久以前，她似乎也说过这样的话，他清楚地记得，那时她一袭红衣站在绯红的桃花树下，竟是比堆彻如云烟的桃花还耀眼夺目。

九、枝叶纠缠，其叶蔓蔓，便有了她的名字——叶蔓。

金乌西坠，眨眼又到傍晚，影早就离开，叶蔓却坐在床上发了大半个下午的呆。

屋外传来"咚咚咚"的敲门声，是来喊叶蔓用晚膳的婢女。

直到这时叶蔓才发觉自己竟浪费了整整一个下午，重新换了身干净的衣衫，叶蔓才不紧不慢地走了出去。

这些日子以来，叶蔓都与巫启以及他那弟子一同用膳，巫启虽是南疆国的巫蛊王、大祭司，吃穿用度却算得上节俭，三个人一同用膳也只备了三菜一汤，两荤一素，皆是姜国随处都能吃到的家常菜。

　　巫启向来吃得少，与其说他是在吃饭，倒不如讲他是在尝味，至于那少年更是只吃饭不吃菜，也就叶蔓吃菜吃得稍微多点。

　　今夜巫启虽不在，但桌上依旧摆了三菜一汤，皆是叶蔓喜欢吃的，她却盯着油腻腻的酱肘子和烤鸡发呆。

　　接连吃掉两碗饭的少年终于发现了叶蔓的异常之处，他咬着筷子含混不清地问道："你不吃菜？"

　　叶蔓摇了摇头："没胃口。"

　　"哦。"少年低低应了声，又低头扒了几口饭，再抬头，叶蔓仍在发呆。

　　一连偷着瞥了好几眼，叶蔓才悠悠开口："你可吃过面？"

　　少年摇头，叶蔓却笑弯了眼，露出一排细细的小白牙："我教你下面可好？"

　　南疆虽无君子远庖厨之说，巫启却是地地道道的中原人，那少年又是巫启一手养大的，自小耳濡目染的他对这方面自也有些忌讳，可他却没办法说出拒绝的话。

　　叶蔓厨艺不精，做出来的东西算不上好吃，好在她做事细心，搓出来的面又细又均匀，不但入味还十分有劲道有嚼劲，最后烫了些青菜，又煎了两个金黄的蛋卧在白花花的面条上，瞧着倒有几分诱人。

叶蔓找出个空碗，从里边分了一半的面和一个蛋，送到少年手上："我们中原人过生辰那日有吃长寿面的习俗。"

少年盯着手里的面，直言道："今日不是我的生辰。"

叶蔓也不解释，只笑笑，便开始低头吃面。

她生在春末夏初，正是草木生长最繁盛的时期，枝叶纠缠，其叶蔓蔓，便有了她的名字——叶蔓。

面汤不咸不淡，味道算不上好，却也勉强能入口，少年几口就吃了个底朝天，愣愣望着小口吃面的叶蔓。

叶蔓只吃几筷子就没了胃口，抬头朝少年一笑："你可还吃得下？"

少年点了点头，又赶紧摇头，叶蔓却已卷起一筷子面凑到少年嘴边。少年下意识地张了张嘴，将那一筷子面卷进口里，直到咽下那一筷子面，他才意识到自己在做什么，脸瞬间红得可以滴血。

叶蔓柔柔一笑，一脸无害："还要我喂你吗？"稍作停顿，"这是我第一次下面，不想浪费。"

少年不自然地接过叶蔓手中的碗筷，叶蔓两手托腮，像是不经意间说出这样的话："若能天天这样该多好。"

少年正在喝汤，冷不丁听到这样一句话，险些被呛到，低低垂着脑袋，脸红得越发厉害。

叶蔓仍两手托腮望着少年，像是自言自语，又像是在对少年说："若不是注定要被困在这里，或许我能带你去看烟雾朦胧的姜国江南景、波澜壮阔的楚国海域。"

少年像是陷入了沉思，久久不曾说话，半晌以后，他终于想到自己该说什么了，叶蔓却毫无征兆地端起他手上的碗起身离开。

屋外有长风扬起她泼墨般的发，她的背影纤细而孤寂，像是风雨里飘摇的木槿，他慌忙伸出手，却怎么也抓不住那抹被黑暗所包裹住的艳红。

紧握在手心的竹筷落了地，"啪"的一声脆响，久久回荡。

夜风从半掩着的窗外飘来，拂过脸颊，略带些凉意。

叶蔓手中仍捧着那碗凉透了的长寿面，也不知阿姐此时会不会想自己，若不是身在桃花杀，过了今日，她们大概就能婚配许人家了吧。

烛光在某一瞬间跳动得格外明显，叶蔓被那明灭的烛光扰乱了心绪，侧目望去，裹着黑斗篷的影正拿钩子挑烛心，火焰在他一下又一下的动作下不断闪动。

叶蔓有些莫名："你怎么还在这儿？"

影不回话,仍兀自挑着烛心,叶蔓放下凉透了的面碗,径直走到他身侧,笑意盈盈:"咦,你在装深沉勾引我?"

影被呛了一下,终于把视线从烛心上挪开,凉凉瞥了她一眼:"你想得可真多。"

叶蔓面上笑意不减:"我问你话,你又不答。除却瞎想,我还该怎么想?"

影又斜叶蔓一眼,却见叶蔓又皱起眉头,开始抱怨:"你都没回去,也不知有没有人煮长寿面给阿姐吃。"

沉默半晌,影终于开口:"这些事那边自有人安排。"

叶蔓半信半疑,眉头却不自觉地舒展开,她还想在这事上继续纠缠,影却直接截断了她的话头,从衣袖里掏出个古朴的银镯:"今日你及笄,本该赠发簪。"叶蔓处于如今的境地,莫说发簪这等尖锐之物,即便是梳篦都不给戴。

叶蔓却像见鬼似的瞪大了眼,颤颤巍巍地指着影:"你你你……"

影一把将手镯套在叶蔓手腕上,冷哼一声:"少见多怪。"

叶蔓十分反常地没去反驳,右手摩挲着银镯子上的花纹,眼神寸寸冷却:"我从不过生辰。"准确来说,是从那一年开始,她便不再过生辰,在叶家上下五百多号人的忌日里庆生,只会让她觉得自己罪孽深重。

一瞬间的沉默后,影才道:"它不仅仅是个手镯。"三根手指同时搭在银镯上三个凸起处,同时使力按下去,手镯内猛地发出一道声响,一根足有拇指长的尖刺赫然弹了出来,在烛光的照射下,隐隐泛着寒光。

叶蔓眼中露出惊艳之色,爱不释手地摸着那根尖刺,由衷地感叹:"这真是个好东西!"

叶蔓不再抗拒,大大方方收下这份贺礼,又突然想起一件事:"你当初说的条件是什么?"她清楚地记得,他替她照顾阿姐是有条件的,至于那条件究竟是什么,他至今都未开出来。

灯罩里的烛光突然"噗"的一声灭了,黑夜里传来影辨不出任何情绪的声音:"好好活下来。"

叶蔓心脏猛地一缩,她有些不敢相信自己的耳朵,迟疑了很久,才道:"你说什么?"

影深吸了一口气,连声音都比先前高了几分,一字一顿:"我的条件只有一个——好、好、活、着!"

寂静,死一般的寂静,静到叶蔓能听到自己的心跳声音。

很久很久以后,叶蔓突然问起:"你是不是喜欢我呀?"

影的回应依旧是那句:"是你想太多。"

叶蔓的声音却带着笑意:"你莫不是害臊了?"

同样的意思，影却能让三次回答都不带重复："你脑子里整日都在想些什么东西？"

叶蔓不依不饶："你是如何喜欢上我的呢？是一见倾心还是日久生情？"

影压根不想搭理叶蔓，她依旧兴致勃勃地自言自语："喜欢我，就早说嘛，可我连你是什么模样都不知道，万一生得歪瓜裂枣，又或者是脸上有麻子又该如何是好。"

她说这话的时候连自己都不知道究竟有几分真心，又有几分假意。话音刚落，她便感觉一只大手包裹住了自己的手，那只手很粗糙，虎口及手指处都布着厚茧，不用细想便知这定然是双常舞刀弄枪的手，摸着实在算不上舒服。

她的手被那大手握着抬高，抬到一定的高度时，那大手却忽而转移了路线，由包裹着她的手变成握住她的手腕，牵引着她的手在自己面部游走。

她莫名觉得自己的心脏像是被什么东西给攥住了，紧张到连手指都在微微颤抖。她竭力让自己保持镇定，略带颤音的声音在黑暗中响起："你的鼻梁定然很挺，眉毛很浓，睫毛竟比我的还长，还有，你的唇可真薄，定然是个薄情至极的人。"

"唔，我全看到了，你大抵不会是个丑八怪，却依旧配不上我的花容月貌呢。"叶蔓勉强笑了笑，下一刻就猛地把手抽回。

打火石相互摩擦的声音在寂静的夜里显得格外聒噪，足足刮了十下，打火石才擦出零星的火花，火苗遇到灯绳猛地蹿高，晕染一室昏黄。

影的脸仍藏在漆黑的斗篷里，叶蔓垂头立在原地，沉默半晌，她才仰起了头，粲然一笑："无论你是出自真心抑或是别有目的，我都该感谢你。起码那一瞬间，我相信了除却阿姐还有人会在意我。"

叶蔓没有透视的能力，无法看穿影的心，面上的笑意逐渐被敛去，她又露出一副不正经的表情："还站在这里作甚，再待久些，我会误会你真喜欢上了我。"

影的脸完全掩埋在黑色斗篷里，不曾流露出哪怕一丝一毫的情绪，他立在原地站了许久许久，最终还是隐入白墙，消失在夜色里。

"还真说走就走。"叶蔓的声音散落在空荡的房间里，无端显得落寂。

从手短腿短的小豆丁长成风姿绰约的少女只需八年的时间。

八年的时间有多长，够不够用来喜欢上一个人？

对叶蔓来说远远不够，风月情爱是鸩毒，她向来惜命，不敢冒这个险。

在很久很久以前的时候，她大抵是喜欢过白衣胜雪的林惜的，可后来呢，他无故消失了，她甚至都已忘了他的模样……她在鲜血灌溉中成长，除却活着，她什么都不要！

十、风月情爱是鸩毒，醉生梦死归尘土

半梦半醒间被谁拥入了怀里，叶蔓勉强睁开眼，映入眼帘的是巫启那张似醉非醉的脸，他身上沾着醺得人头脑发晕的酒气，贴在叶蔓耳畔一遍又一遍念着洛笙的名字。

今日是叶蔓的生辰亦是叶家上下五百口人的忌日，其中正包括那风华绝代的洛笙。

叶蔓在那一声又一声的低唤中清醒，她钩着巫启的脖颈，右手已然摸到手镯上的凸起处，只要按下去把那尖刺插入他的脖颈，就能结束他的性命！

就趁现在！

她目光一冽，就要施力按下去！

近了，近了，冰冷的银镯甚至就要碰到他温热的脖颈。

"啪！"

灯罩里的烛火炸出一朵细小的火花，那声音本十分微弱，在这寂静的夜里却被无限放大。

叶蔓微微抬起的手猛地一颤，冰凉的银镯就这般不期然地撞上巫启的脖颈。

冰凉的硬物让他瞬间想到了那些泛着寒光的杀人利器，他的眼神在黑夜中格外锐利，紧紧抓住叶蔓戴着银镯的左手，贴在她耳畔质问："这个银镯哪儿来的？"呼吸是热的，声音是冷的，呼呼灌入叶蔓耳朵里，她感觉自己全身的毛发都在一瞬间立了起来，比被人用刀抵在脖子上还要可怕，那种毛骨悚然的感觉近乎让她说不出话。

她僵着身子不答，又被巫启一把压在床上，她甚至都懒得去反击去挣扎，任凭巫启居高临下地狠狠审视着她。

"这银镯是哪儿来的？"巫启声音依旧冰凉，眼睛里像是结着千年不化的寒冰。

叶蔓眼眶憋得通红，死憋着不说话，只睁着一双雾气弥漫的大眼睛，死死瞪着巫启。

像是终于失去了耐心，巫启甚至都懒得再逼问，一双青筋隆起的手狠狠掐住叶蔓的脖颈，她的脖颈是那样的细，他只要稍稍用些力，就能把它掐得扭曲变形……就像阿笙死去的时候一样……

阿笙……

阿笙！

他却蓦然瞪大了眼，连呼吸都变得粗重，嘴里含混不清地念叨着洛笙的乳名："阿笙……阿笙……"

他掐着叶蔓脖子的手有所松动，叶蔓终于有了喘息的机会，重新涌入鼻腔的新鲜空气呛得她开始剧烈咳嗽，她不停地咳，咳得面色绯红，眼泪不断往外冒。

即便如此，她还是用嘶哑的声音说着怨毒的话语："当年那个阿笙也是这般被你掐死的吧！哈哈哈！来呀！你掐死我呀！你干脆就这样把我掐死，让我绝你一世念想！哈哈哈哈……"

"不是……不是……"巫启的手赫然松开，他不断摇头，像个做了坏事的孩子，"我没有杀阿笙！我没有杀阿笙！是她！是她！都是她！是她刻意激怒我！故意死在我手上！"

叶蔓就这般静静躺在床上，无悲无喜地望着他，像极了八年前，洛笙被巫启掐住脖子时的模样："事到如今你还觉得我心中有你？真可悲，你这个依靠妄想而苟延残喘的疯子！"

巫启突然在这一瞬间崩溃，他不敢置信地瞪大了眼，连声音都在颤抖："你是阿笙！你来找我了！"

"我不是。"叶蔓嘴角挂着森然的笑意，"你可信？"

"我不信！我不信！你就是阿笙！"巫启像是疯了一般将叶蔓拥入怀里，"你就是我的阿笙，我知道，你来找我了，是不是？"

"我还真不是。"叶蔓一把将巫启推开，嘴角绽开一抹近乎残忍的笑，"我连你是谁都不曾知晓，又岂会是你心心念念的阿笙？"

"不！你就是！"巫启歇斯底里地叫喊着，"八年前你刻意装死，为的就是日日夜夜不断地折磨我。现在你回来了，为何还要折磨我？其实你还活着，只是忘了从前的事，可对？"

"你可还记得我们是怎样遇到的？那时候冰雪消融，正值初春，你穿着一条秋香绿的襦裙，遥遥站在画舫里，像是一弯初春的嫩柳，我眼睛一眨不眨地盯着你，你却一个不慎落入水里……"

"水……对！水！"他眼神变得炙热，一把将叶蔓从床上捞起，抱着她一路冲出寝宫，直奔屋后的静水湖而去。

巫启速度快如闪电，即便是抱着叶蔓也都像一阵风似的刮过。

枝繁叶茂的香樟树上跃下一道修长的人影，他驻足立在原地观看了数十秒，一个身体僵硬的女子自黑暗中走出，声音一如她的动作般僵硬："主人你又抛弃我。"

那人影不是别人，正是那少年，自叶蔓端着碗离开，他便守在了门外。

少年不愿搭理那女子，两掌轻叩三声，就有三个身体同样僵硬的尸蛊从地底钻出，团团围住那女子。

少年则足尖一点，径直赶往静水湖的方向。

冰冷的湖水漫过肩颈，叶蔓感觉自己在不断下沉，像没有温度的冰冷石头。

"不对!不对!你与我说的第一句话不是这样!"巫启负手立于一叶扁舟之上,"你该说'公子救我',而不是拼命地拍着水喊救命!"

叶蔓又呛了一大口水,肺里所剩的空气已然不多,冒着再呛一口水的危险,她嘶声大喊:"公子救我!"

"不对!还是不对!"巫启拿船桨拍打着在水中不断沉浮着的叶蔓,"阿笙从不会这么大声说话,声音要柔!"

从天而降的船桨砸得叶蔓头昏眼花,她却像见到了最后一根救命稻草似的,死死抱住了它,任凭巫启怎样甩动着船桨都不撒手。

躲在黑暗中观看一切的少年紧紧握住了拳,叶蔓却在下一刻因体力不支而缓缓滑落,一点一点沉入湖底。

少年再也无法站在那里看下去,他对月掐诀,口中念念有词,不过须臾便有个面色铁青的尸蛊抱着已然昏迷的叶蔓浮出湖面。

巫启这才发觉那少年一直站在身后,他正欲出声怒斥,少年却抢先一步说:"徒儿别无他意,只希望师父莫要活在过去。"

……

叶蔓只觉得很冷,冷到牙齿都在打战。

抱住她的人又将她捂得紧了些,似乎还有个声音在她耳旁轻轻念:"你说外面究竟是一个怎样的世界？种桑茶的阿公告诉我，楚国是个很美很美的地方，有连绵到天际的蔚蓝海域，有彻夜不熄灯的热闹圣女节，有姿态娴娜的华服丽人……还有姜国，若不是被强行留在了这儿，你如今该是到了姜国吧。阿公说，烟雨里的姜国美得好似一幅画，用任何语言都形容不出它的轻灵娟秀，你说在那样的烟雨里撑着一柄油纸伞慢慢地走，该是如何惬意……"

叶蔓早就醒来，却一直没睁开眼睛，四周突然变得十分温暖，像是有人端来了火盆。

少年不知与进来的人说了些什么话，便将叶蔓放在了柔软的床上。

似有人在替她脱衣服，她能确定，不是那少年，那人动作轻柔，手指纤细，大概是个婢女。

她就这样闭着眼睛躺在那里被人换了身干净的衣服，身上又被压下一床厚厚的棉被，久违的温暖终于再度回到她身上。

离端午还剩五天，叶蔓昏昏沉沉地想。

叶蔓病了，一刻不停地在咳嗽，巫启摸着她发烫的额头不禁皱起了眉。

黑漆漆的药一勺又一勺地灌入叶蔓口中，她两条好看的眉近乎要拧成了麻花。

"你不喝药怎能好？"巫启边吹着瓷勺里的药，边小声念叨，"你不吃药又怎会好，乖乖喝了这碗药，我就给你吃蜜枣。"

叶蔓一脸虚弱地冷笑："我不是阿笙，我从不吃蜜枣。"

巫启眼神暗了下来，声音里带着胁迫的意味："张嘴喝！"

叶蔓死倔着不肯张嘴，巫启神色更冷，直接砸了瓷勺，捧着碗往叶蔓嘴里灌。

"咳咳咳咳！"叶蔓被呛到，又开始剧烈咳嗽，猛地一挣扎，打翻了巫启捧在手里的药碗。

"啪！"

叶蔓左颊瞬间肿得老高，巫启再度掐着她的脖子，声音阴沉："贱人！"

叶蔓脸涨得通红，眼睛一眨不眨地瞪着巫启，从无比嘶哑的喉咙里挤出一句话："你杀了我呀！"

"啪！"

又是一巴掌落下，她尖细的下巴被巫启狠狠攥住。

"我不会杀你，我会让你好好活着！"

"哈哈哈哈……"叶蔓状若癫狂地仰天大笑。

巫启神色不明地瞥了她一眼，愤然拂袖而去。

"四日……还剩四日。"叶蔓轻轻念着，再度陷入沉睡。

叶蔓不仅仅是拒绝喝药，连一日三餐都给断了，她本就染了风寒，又粒米未进，已然憔悴得不成样子。

夜里有人推开了她卧房的门，混着蔷薇馨香的夜风被卷了进来。

一声无奈的叹息传入叶蔓耳中："我下了鸡蛋面，你要不要吃一口？"

叶蔓缓缓睁开了眼，映入眼帘的是少年那张清秀俊美的脸。

瞧见叶蔓有所迟疑，他又补充了一句："师父不在，没有人知道我偷偷给你煮了面。"

叶蔓这才微微点了点头，努力支撑着自己倚靠在床头，少年见了连忙上去扶一把，又往叶蔓腰下塞了个枕头，替她掖了掖被子盖住肩膀，这才打开他放置在桌上的食盒。

一股引得叶蔓直咽唾沫的香味徐徐飘来，少年先用瓷勺喂着叶蔓喝了好几口汤，待叶蔓肠胃稍稍适应了，他才将面搅碎了装在瓷勺里蘸着汤一同喂给叶蔓吃。

只吃两口，叶蔓就止不住地开始流泪。

少年慌了，连端面的手都有些不稳，他想掏出手绢来替叶蔓擦拭，掏了半天才发觉自己没有随身携带这种东西的习惯，想用自己的袖口去擦拭，又想起自己在膳房里沾了一身的油烟，沉默许久，才放柔了声音道："你别哭。"

叶蔓不作答,一边流着眼泪,一边吃着面,半碗下腹她便不再张嘴吃,少年搁下面碗,又端来一杯漱口的热茶。

平日里用完膳叶蔓都有以热茶漱口的习惯,他是特意备着的。

端走那杯被叶蔓漱过口的热茶,少年又不知该做些什么,呆呆站立了半晌,才道:"你好好睡着,我先走了。"

"别走!"叶蔓声音干涩,她眼睛一眨不眨地看着少年,"你能不能帮我?"

少年点了点头又摇了摇头,缄口不语。

叶蔓凄然道:"我只想逃出去。"

少年垂着眼睫,依旧不说话。

"你过来。"叶蔓朝少年勾了勾手指头。

少年有一瞬间的犹豫,最终还是走了过去。

"再靠近些。"叶蔓的声音再度传来。

直至少年身体靠近床沿,叶蔓才猛地起身,一把钩住少年的脖子。少年只觉一阵天旋地转,尚未缓过神,人已被叶蔓压至身下,他僵直着身子不敢动弹,叶蔓已然拉下衣服,露出一截圆润的香肩,她满脸凄楚地望着少年的眼睛:"我只想逃出去。"

少年撇过头去,声音在轻颤:"即便不这样,我也会帮你。"

叶蔓喜极而泣,兴奋到连衣服都忘了拉上去:"真的?"

雪白的香肩晃得他眼花，他竭力克制住不去看，半晌以后，才郑重地点头："但不是今日，三日以后吧，端午那日阳气最重，正是师父一年中最难熬的时候。"

十一、我想看姜国朦胧的烟雨，楚国壮阔的海景！

端午将近，巫启一日更比一日难熬，到最后索性躲进了地下密室，外面一切事务都交给少年打理。

中原人在端午当日有吃粽子喝雄黄酒的习俗，叶蔓提前找少年要了糯米与雄黄，准备自己包粽子酿雄黄酒。

糯米与雄黄皆是阳气重之物，特别是雄黄酒，本就有解毒、杀虫之用，向来就是克制蛇蝎百虫的妙物。

酿制雄黄酒需在烈日下晒，大部分人是从五月初一就开始晒，一直晒到五月初五，叶蔓没有这么多的时间，只能晒个一两日。

在此之前她从未试过用此物来对付炼蛊之人，晒雄黄酒的时候，她有意无意将雄黄酒洒出来些，沾了雄黄酒的手甫一碰到少年，他便如触电般弹开，叶蔓甚至还隐隐闻到一股焦味。

叶蔓心中欢喜，面上却不动声色装作不知情，在端午来临之际做好一切准备。

巫启已然好几日都不曾现身，再度出现是在端午前的那个夜晚，这时叶蔓已然做好万全的准备，正躺在床上盯着结扎在床顶的那一大束帷幔。

冰凉的手指再度滑过叶蔓脸颊，巫启声音变得像屋外轻拂过石榴花的风一般温柔："几日不见，你可有想我？"

叶蔓撇过脸去，沉默不语。

微微侧过去的脸被人强行掰回，巫启直直盯着她的眼睛，指腹在她脸颊上摩挲："我对你可是朝思暮想，思之如狂呢。"

叶蔓索性闭上了眼，不去看他。

他冰凉的手指却像蛇一般在她脸上四处游走，每滑过一处都能引得她战栗。

"你可还记得今日是什么日子？你本该与我成亲，最后却嫁给了那姓叶的。你可知那一晚我有多难熬？像是整颗心都被丢在了油锅里煎。"

叶蔓感觉自己被人抱了起来，巫启贴在她耳畔轻声细语："那日你红衣似火，却突然跑来，让我带你私奔，就是这个时辰，月已上中天，我带你跑出整整十里路，叶家的追兵却仍将你带了回去。你一直在哭，我却被姓叶的打断了手脚，像死狗一般趴在乱石上……"

叶蔓睫翼在不断轻颤,巫启又俯身在她脸颊上轻啄一口:"后来的事你大抵是不知道的吧!你只知我偷走了你的孩子,将她扔到深林里去喂狼,你只知我后来杀了叶家上下五百多号人,你却不知那姓叶的对我做了什么!嗬,你又何必知晓,你只管恨我就好!"

叶蔓终于在这一瞬睁开了眼,她眼神和声音一样冷:"我竟不知有什么比把刚出生的孩子丢去深山喂狼更狠。"

"呵呵,是吗?"巫启自嘲一笑,并不多做解释,"我就知你不会明白的。"声音突然拔高,像生了锈的钝刀子一般,喑哑聒噪地划破黑夜的宁静,"因为你背叛了我!爱上了那姓叶的!"

他的鼻息变重,整个人再度陷入一种极度癫狂的状态,像是抚摸绝世珍品般地抚摸着她纤细的脖颈,八年前拧断洛笙脖颈时的感觉仿佛重现。

他的指腹在那凝脂般的颈子上摩挲,一下又一下,终究还是没能掐上去。

天快亮了,此后一夜未语的巫启终于再次说出一句话:"从前你总是缠着我陪你一同看日出。"说到此处,他嘴角一勾,露出个自嘲的笑,"呵呵,什么都不一样了。"

阳光一点一点钻破云层,散发出万丈光芒,叶蔓眯眼望着那晨曦之光，陷入了沉思。

巫启身体开始摇晃，过于强烈的阳气让他整个人都在冒冷汗，他甚至都没有多余的时间与叶蔓做解释，起身将叶蔓放置在柔软的床上，身形一晃，整个人如飓风般消失在阳光下。

大抵是外头的阳光起了作用。

叶蔓不知在床上呆坐了多久，耳畔终于传来了少年的声音："快走！"

叶蔓抬眼望去，只见那少年身上裹着件连帽的黑色斗篷，只露出尖尖的下颌，像极了影平日里的装扮。

叶蔓看了少年半晌，才不急不缓地开口："你都安排好了？"

少年点头："今日端午，炼蛊之人喜阴，都躲到了稷山上避难，方才连师父都朝那方向去了。"

"唔。"叶蔓垂着眼帘，遮掩住眼中的情绪，"你再等等，我收拾收拾就走。"

少年只得应道："好。"

午时将近，悬挂在头顶的日头越来越毒辣，叶蔓一路磨磨蹭蹭，终于挪到了她初入南疆时的那片树林。

裹在黑斗篷里的少年很是难熬，叶蔓却驻足在那片枯林中，低声笑问少年:"你要不要与我一同离开?"

话音刚落,少年甚至都未想好该如何来回答这个问题,枯林深处却有另外一人替他做了回答:"你们谁也别想离开!"

巫启出现的那一瞬,叶蔓嘴角勾出了个不易察觉的笑。

下一刻,她却如见到大灰狼的小白兔般连忙躲到了少年身后,整个身子都在发抖。

少年双手飞快结印掐诀,引出一排尸蛊横在巫启与他之间,咬牙对叶蔓道:"你先走!"

"嘀,走?"巫启冷笑一声,广袖拂过,那枯木林里的阵法就开始变动,不断有狰狞的蛇蝎毒虫爬出,将叶蔓团团围住,阻去她的退路。

"你们俩倒是好得很!"巫启气得牙都在发颤。

少年的声音里满满都是歉意:"师父,徒儿对不起您……"他话音刚落就咬破食指,虚空一划,大地瞬间在剧烈晃动,叶蔓瞪大了眼看着大批面色铁青的死尸自地底钻出,而他也因消耗太大而喷出大口鲜血。

巫启目眦欲裂,捂着心口大骂:"你个浑小子不要命了!竟敢动用禁术!"

少年温润一笑,嘴角仍在不断渗血:"毕竟您是我师父,若不动用禁术，徒儿真没把握让她逃出去。"

叶蔓皱眉看着他不断吐血的惨样，生生忍住了自己想说的话。

"师父若不开启阵法将她放出去，徒儿是不会善罢甘休的。"少年冷不丁又说出这样一句话。

少年究竟有几斤几两，巫启是再清楚不过的，他不禁有些犹豫，莫非真要与他斗个不死不休？

巫启沉思的空当，叶蔓赫然打开了她的行囊，里面没有别的东西，皆是她用桃木削出来的羽箭，都用雄黄酒浸泡了整整两日，拉弓上弦，一支羽箭破空而出。

罡风擦着耳朵而过，巫启险险躲过那一箭，耳尖上还是沾染了少许雄黄酒，一股灼烧感自耳尖向整个耳郭蔓延。

晒了阳光的雄黄酒果然毒辣，只是沾了那么一点，他便觉痛不欲生。

与此同时少年发出一声呼喊声："住手！不要杀他！"

叶蔓此时听不进任何人的话，她不断拉弓上弦，桃木箭密如江南的蒙蒙细雨，一支接一支呼啸而去，像是要把巫启扎成筛子。

烈日下巫启行动本就有所迟缓，再加之那猝不及防的一箭，他已然没有多少余力来逃避这些细密的箭。

巫启以为自己死期将近,少年却临时倒戈,操纵尸蛊替巫启挡住那些致命的桃木箭。

"噗!噗!噗!"每挡一支箭,少年就吐出一口殷红的鲜血。

叶蔓终于不再拉箭,满脸焦灼地大声吼着:"你在干什么?"

她射箭的动作一停,被尸蛊护得好好的巫启一个瞬身,移至叶蔓身前,他面色阴沉地掐住叶蔓的脖子,咬牙切齿道:"贱人,我本说过会让你好好活着!让你眼睁睁看着自己被制成养蛊的容器,日日夜夜被蛊虫啃食着内脏,却依旧不生不死地活着!可现在,我却失去兴趣,我要让你现在就死!"

"不要!"面无血色的少年赫然瞪大了眼,他看见巫启高高抬起了手,就要拍在叶蔓天灵盖上。

"扑哧!"比巫启动作更快的是被叶蔓握在手中的那一捆钢针粗细的桃木箭,它们分毫不差地被叶蔓推入了巫启的心脏。

心口仿佛有一团火在燃烧,下一刻巫启整个人都如同破布般被叶蔓一脚踹开,她声音冰冷如寒冰碾玉:"叶家上上下下五百多口冤魂时时刻刻都想拉你下地狱!"

巫启眼神空洞地瘫倒在地上,弥留之际,他的眼神里突然有了一丝神采:"你……果真是阿笙?"

"不,我不是。"泛着幽蓝光的绕指柔突然出现在手中,手起刀落，巫启脖子上又多了一道伤口，鲜红的血雾时喷涌而出。

"我知道了，你是她女儿！哈哈哈哈！当年我真不该心慈手软，只把你丢进深林里。"

叶蔓冷声纠正："你记住了！那是我姐姐叶华，而我，是杀你之人叶蔓！"

巫启久久不说话，却止不住地放声狂笑，邪肆的笑声在枯木林间久久回荡。叶蔓眼神一冷，手中绕指柔再度划出个清冷的弧度，巫启的人头骨碌碌滚出老远，一只巴掌大的蛊虫从他的断颈处爬了出来，不过须臾，他断颈处流出的血皆变作指甲盖大小的蛊虫，密密麻麻爬了一地。

叶蔓满脸震惊，瘫坐在地上的少年终于发出了声音，他气息不稳，像是受了极重的伤，连声音都有些断断续续："师父他算不得活人，早在十多年前就被人制成了人蛊，一直生不如死地活着，死对他而言，或许是一种解脱。"

这一瞬间巫启所说的话突然不断在叶蔓脑海中回荡："后来的事你大抵是不知道的吧！你只知我偷走了你的孩子，将她扔到深林里去喂狼，你只知我后来杀了叶家上下五百多号人，你却不知那姓叶的对我做了什么！"

叶蔓仿佛一瞬间就明白了，她无力地垂下了握住绕指柔的手，少顷又猛地抬起头来，眼中有着慑人的光："所以你在替他开脱？他因我父亲而成了这般德行，便有杀我全家的理由？我因他而家破人亡，是不是该屠光你南疆子民来泄愤？"

少年嘴角动了动，却发不出声音，他并非是为巫启开脱，也罢，那些话无须再说。

少年缄默不语，叶蔓反倒恢复平静，她一把抓住那只巴掌大小的蛊虫，蹲在少年身边，声音里带着歉意："除了你我谁都不欠，这只蛊虫定然不凡，就当我向你赔罪。"

少年却摇摇头，不肯接受那不断在叶蔓手中挣扎的蛊虫。

"师父在我身上种了子母蛊，他若死了，我也活不了。"他目光很平静，仿佛丝毫不在意自己的生命会消失，"你手中的便是母蛊，我体内还有一只暗红色的是子蛊，你把它们一起带走，或许有一日能派上用处。"

叶蔓低垂着眉眼，抓住蛊虫的右手在不停地颤抖："我不知你和他的命相连……怪不得，怪不得他如此信任你……"

少年弯了弯嘴角，眼神有些迷离："你若知道杀了他，我会死，你是否还会照做？"

"会。"几乎没有一丝犹豫，叶蔓答得斩钉截铁，"他若不死，我又岂能活着？"沉默少顷，她声音中带着丝丝哽咽，"你是不是早就猜到了我是刺客？"

"唔。"少年扯了扯嘴角，努力让自己看上去显得不那么悲戚，"从你刻意接近我观察尸蛊的时候，我就知道了，寻常的女子瞧见尸蛊又怎会不怕？"

叶蔓勉强一笑："原来是这里露出了破绽。"

许久以后，叶蔓又再度开口打破沉寂："你叫什么名字？我不该连你的名字都不知道。"

少年有一瞬间的失神，半晌，才道："我本以为，你一辈子都不会问我的名字。"

叶蔓只觉心口一揪，又陷入了沉思。

从前她只当这少年是红尘里的过客，从她生命中一闪而过的人太多太多，她从未想过——去记住他们的名字，而这个少年却不一样……

像是害怕自己再也没有力气说完那两个字，少年喘着气，仿佛用尽了全身的力气说出那句他在心中默念过无数次的话："师父说我的父亲是姜国人，母亲是楚国人，于是就有了我的名字——姜楚。"

叶蔓默了默，喉咙像是被什么东西给堵住，嘴唇扇动许久，终于挤出一句话："他倒是省事。"

"我本该是中原人，却从未走出过南疆。"他像是陷入了回忆里，

"我也曾在梦中看过姜国朦胧的江南烟雨，楚国波澜壮阔的海景。那里还有你，很美。"

一阵风吹来，吹散了他粉末般碎开的身体，叶蔓想伸手去抓，那些风尘却穿透她的指缝，纷纷扬扬飘散在风里。

轻风扬起空荡荡的黑色斗篷，一地枯叶在上面打着转，叶蔓僵直着身体捡起那件斗篷，狠狠揉进怀中，她不该忘记，世上还有这样一个叫姜楚的少年。

十二、我难过的是，从此再也还不清对他的亏欠。

心口突然传来一阵奇异的酥麻感，直至此时叶蔓才想起，姜楚体内尚有一只蛊虫。她猛地抖开黑色长袍，却见一只小虫钩在她衣襟上攀爬，那小虫通体暗红，只有指甲盖大小，全身上下散发出一种十分危险的气息。

叶蔓尚未来得及抓住它，它竟一口咬破叶蔓胸前的衣衫，瞬间钻入肉里，几乎是同一时间，被叶蔓捉在手中的母蛊也开始躁动，不断摩擦着口器中锯齿状的獠牙，发出阵阵让人头皮发麻的声响。

叶蔓已然无暇去探测自己体内的状况，在她视线所不能及的远方，传出巨大的动静，山地震荡、枯叶漫天，凉凉的腥风中混杂着嘶嘶声响。

那股腥臭算不上陌生，甚至可称得上熟悉。

正是那紫晶巨蟒山神的气息。

它似乎在赶往这个方向！

叶蔓忙跑入枯木林深处。

雾气渐深，朦胧到看不清前方的道路，叶蔓在枯木林间越走越迷糊，这阵法中分明早就没了生门。

浓雾中那"嘶嘶"的声响越来越近，手中的母蛊却仍在不断发出声音，叶蔓几乎可以确定就是那母蛊引来了紫晶巨蟒！

那母蛊瞧着珍稀无比，叶蔓也舍不得将它杀了，更何况那子蛊尚在她身体里。

叶蔓犹自杵在迷雾中思索着，她手中的母蛊却挣扎得越来越厉害，竟有要挣破她的桎梏逃出去的趋势！

叶蔓心急，从一只手握住变作两只手一同狠狠握住，母蛊腿上的倒刺刺得叶蔓手心疼，不过须臾，便有丝丝殷红的鲜血从她指缝中渗出。嗅到鲜血的气息，那母蛊越发疯狂，叶蔓两手竟要抓不住！

也就在这时候，地面突然猛地一颤！

原本还在枯木林外的紫晶巨蟒山神竟然猛地冲进林中！

两颗猩红的眼珠赫然在浓雾中升起，像是挂着两盏明晃晃的大红灯笼，叶蔓不禁倒吸一口凉气，十分干脆地将那母蛊抛出去。

似有大风刮过，一同伴随而来的是一阵让人作呕的腐败之气，连浓雾都被那腥风吹散。眼前的画面逐渐变清晰，那一刹那，耀眼的阳光穿过乳白的雾气，将紫晶巨蟒小山丘一般的身体完全呈现在叶蔓眼前，它低垂着巨大的头颅，遍布着巴掌大小的鳞片，一对长剑般狰狞的毒牙在阳光的照射下熠熠生辉。

原来那阵腥风是它张大了嘴而造成的！

眼看母蛊就要落入紫晶巨蟒口中，叶蔓动作迅如闪电，掏出一壶雄黄酒往自己身上泼洒开，整个人犹如离弦之箭般冲过去，想去抓住那即将落入紫晶巨蟒口中的母蛊。

几乎就在同一时间，那母蛊突然展开收拢在背部的翅膀，疾速掉转方向，一头撞到叶蔓心口上！

变故来得太快！叶蔓甚至都没反应过来就觉心口一痛，她的动作也有所迟缓，愣在了原地的紫晶巨蟒忌惮叶蔓身上扑鼻的雄黄酒，也不敢贸然前进。

叶蔓痛得缩成了一团，此时此刻她身体里已有三只蛊虫，她甚至都在怀疑，造成自己心口剧痛的原因是否就是三只蛊虫在打架争夺她心脏的主权而造成的。

撕心裂肺的疼痛让她无暇顾及紫晶巨蟒正虎视眈眈地立在她身

前，她只能通过缩成一团来减缓心口的疼痛。

她与那紫晶巨蟒就这般僵持着，也不知过了多久，身后隐隐约约传来了声响，有破风之声擦过她耳郭，数十支袖箭破空而来，扎入紫晶巨蟒大红灯笼一般的眼睛，透明的液体霎时喷涌而出，紫晶巨蟒发出一声响彻云霄的咆哮，眼见它巨大的蛇尾就要扫过来，叶蔓却觉自己被人钩住了腰身，随后她便被一个裹着黑斗篷的男子抱住在枯木林间飞驰。

心口的疼痛莫名在这一瞬间全然消散，仿佛那两只蛊虫从未钻进她心口一般，那疼痛消失得太快，她甚至都要怀疑，先前之事是自己生出的幻觉。她尚在感慨，影不带任何感情的声音却从头顶传来："林中阵法有所改动，我耗费了些时间，来晚了。"

叶蔓莫名觉得自己鼻子酸酸的，眼睛也有些发涩，她不知自己该说什么话，是该感激他特意跑来救自己，还是该责怪他来得太晚。可是她又凭什么责怪他，这本就不在他的职责范围以内，她的死活又与他何干？

两边的景物在不断后移，很久很久以后她终于听到了自己的声音："你是不是傻？"这话像是在说给影听，又像是在告诫自己。

似从未料到叶蔓会说这样的话，影愣了半晌才发出一声冷哼："亏我还好心跑来救你。"

"哦。"叶蔓不再与影抬杠，难得柔顺一次，把头往他颈间蹭了蹭，小声道，"我杀了巫启，却没想到，那少年的命与他连在了一起。"

　　影的声音依旧不带任何感情，可若仔细辨别，还是能发觉里面有着不一样的情绪："你在自责？"

　　"或许吧，我也不知道。"叶蔓笑了笑，"他都不在了，再说这话又有何用？我难过的是，从此再也还不清对他的亏欠。"

　　风止了，影抱着叶蔓落在了地上，厚厚的落叶在影的踩踏之下发出"咔嚓"的声响，他岔开了话题："这个阵法有点古怪，像是在不停变换。"

　　叶蔓也察觉到了阵法的不同寻常之处，她想了很久，才面色凝重地道："这个阵法是在巫启死后才开始不停变换的，会不会是他将生门设在了自己身上，他一死，这阵中就再无生门，有去无回，所以你能进来，我们却再也出不去？"

　　沉吟片刻，影才道："极有可能。"

　　叶蔓对奇门遁甲学得不精，堪堪算是入门水平，她是真对这种被毁了生门的阵法毫无办法，只得望着影。

　　此时的影正低着头，像是陷入了沉思，许久以后，他才道："阵法讲究的是相互制衡，无论是缺了哪一门，这个阵都将会崩塌。"

叶蔓如醍醐灌顶:"也就是说,这个阵法里还有个隐藏着的生门!"

叶蔓与影几乎是同一时间望向依旧弥漫着浓雾的枯木林里,那里面有一道黑影正在逼近,正以破竹之势蜿蜒前行,枯木在它庞大身躯的撞击之下纷纷倒塌,一时间尘烟四起,它本就显模糊的身影看上去越发模糊。

叶蔓拽了拽影宽大的衣袖,轻笑一声:"隐藏的生门就在它身上?"

影不说话,只微微点头。

下一刻只见影足间轻点,飘离叶蔓数十丈远,袖中飞出无数支短箭,浓雾里再次传出惊天动地的咆哮声,有阵阵狂风席卷而来,吹得叶蔓艳红的裙裾与及膝的发一同猎猎狂摆,甚至还有一支袖箭被那狂风吹得钉在叶蔓身侧的枯木上。

记忆的匣子瞬间打开,一股无比熟悉的感觉涌上心来,叶蔓莫名想到了八年前,破庙里那个黑衣少年,直至今日她都不愿去相信那少年就是公子瑾,若那人不是公子瑾又该是何人呢?

那道身影无端在叶蔓的脑海中与影的身影重叠在一起……这是一直以来都隐藏在她心中的答案。

定了定心神,叶蔓决定不再想这些事,她侧过头去,斜斜瞥了影一眼,只见他又从腰间抽出一把软剑,一跃飞起七丈高,落在那直立起来的蛇头上。

剑光闪过,蛇头上巨大的冠子"砰"的一声砸落,腥臊的蛇血泼洒一地,站在数丈开外的叶蔓险些被这臭味给熏晕。地面又是一阵猛晃,紫晶巨蟒不断甩着尾巴咆哮,叶蔓提起裙摆又跑远几步,接着又见影纵身一跃,握着剑直取紫晶巨蟒七寸而去。

"当!"一剑落下,金铁相击之音霎时震荡开,剑与鳞相交处甚至迸溅出了耀眼的火花。影未料到那些鳞片竟如此坚硬,又往剑中注入几分内力,下一刻却听剑上发出"叮"的一声,那软剑竟直接断成了两截!

这变故来得太突然,影甚至都反应不过来,他失神的那一瞬间,紫晶巨蟒再度发出咆哮,疯狂甩动着庞大的身躯,一时间枯木在不断倒塌,飞沙走石迷人眼。

一个不留神,影便直接被紫晶巨蟒的巨尾拍飞数十丈远,重重落在尘烟四起的地上,"哇"的一声吐出大口鲜血。

落地的那一刻,影只觉自己五脏六腑全都错了位,甚至连自己肋骨断裂的声音都清晰可闻。

被切断冠子的紫晶巨蟒红着眼逼近,一对长剑般的獠牙不断渗出森绿的毒液,那些毒液每一滴都足以致命,滴落在腐朽的落叶上发出"咻咻"的声响。

"嘿！你个丑八怪！看这里呀！"

叶蔓却不知何时跑了过来，从随身背着的包裹里抽出一支浸泡了雄黄酒的桃木箭，"咻"的一声射进紫晶巨蟒灯笼般的眼睛里。

紫晶巨蟒霎时发出震耳欲聋的咆哮声，叶蔓见机行事，猛地冲到影身边，二话不说，就往他身上泼了壶雄黄酒。

她甚至都未来得及将壶中所有雄黄酒撒出去，就觉得有什么东西黑压压地压在了头顶，一抬头竟是紫晶巨蟒硕大的头颅！它忌惮雄黄酒，又不甘就这么看着叶蔓活蹦乱跳地站在这里给它添堵，索性咧开了嘴，往叶蔓身上喷毒。

这一下来得又快又猛，叶蔓根本来不及躲避。

毒液喷涌而出的那一瞬间，她只觉眼前一黑，甚至还不知道发生了何事，就被影搂住压在了地上。

她被影撞得生疼，尚未来得及发出呻吟，就听趴在她背上的影发出一声闷哼，而后她甚至都没反应过来，就被影打横抱在了怀里。

那一瞬间，她心跳仿佛漏了一拍，对先前所发生的事有些不敢置信。

影竟然用他自己的身体替她挡毒液……

十三、直面死亡的那一刻我才明白，我是何其不甘。

从前执行完任务逃命的时候，叶蔓也这般被影抱过，却没有哪一次逃得这般快，擦过脸颊的风像刀子一样刮得她面上生疼，她甚至都未看清前方究竟有什么，那些模糊的景就开始不断倒退。

影身上的黑斗篷早就被毒液腐蚀得破烂不堪，风一吹，几乎整件斗篷都被拆散，只余几块破破烂烂的布挂在身上飘荡。在强风不断地吹拂下，遮住影面容的斗篷终于被大风吹跑，露出一张不断龟裂的脸。

一直深陷在方才那一幕的叶蔓终于回过神来，怔怔看着已然露出真实容颜的影。

她猜想过很多次影的容貌，却从未料到他会与公子瑾长得一模一样！

风，不知何时停了，叶蔓恍恍惚惚踩到了地面，又被影一个猛拉，拽着爬入某个仅有半人高的山洞里面。

一股阴暗潮湿的味霎时传来，叶蔓终于收回心神，冷不丁问了句："你究竟戴了多少层人皮面具？"

影心神一颤，忙伸手去抹自己的脸，果不其然，摸了一手的碎屑。

他不知该如何解释这个问题，沉吟片刻，才道："一时半会儿解释不清，先逃命要紧。"

叶蔓并非那种拎不清的胡搅蛮缠之人，她分得清事情的轻重，暂且把这问题搁到一边，她又道："你带我钻的是什么洞？"此处既然能养出紫晶巨蟒这样的大蛇，也就从侧面说明了一个问题，此地极其适合蛇类生活。

她可不想刚出蛇口又钻蛇窝。

似是看出了叶蔓的心思，影当即便道："你且放心，这洞口有大量蛇灭门草，蛇绝不敢进来。"

听影这么一说，叶蔓才发觉洞口果真有一大丛蛇灭门。

她叶家本就是用毒的大家，又岂会不识这等解蛇毒的灵药。

蛇本不怕雄黄，只是不喜雄黄酒那刺鼻的味道。蛇灭门却不一样，它又称望江南、野扁豆，不仅仅是治疗蛇毒的灵药，还有祛蛇的奇效，每逢毒蛇活动频繁的季节，只需摘取蛇灭门的花枝和叶片放置毒蛇身旁，就能看到毒蛇亡命而逃的场景。

叶蔓幼时闲着无聊的时候常做这种事，直至如今都记忆犹新。

果不其然，紫晶巨蟒隔着大老远就停了下来，焦躁不安地盘踞在洞外。

叶蔓悬着的心也终于落了地，转过头去，却见影正自顾自地拽了把蛇灭门草，嚼碎了敷在那些沾染了毒液的皮肤上。

叶蔓抱膝坐在地上发了好一会儿的呆，直到影把身上的伤处理得七七八八，才徐徐开口道："我想了很久，也不知你所谓的先逃命要紧究竟是想敷衍我还是怎的。"

影手中动作一顿，少顷，才低垂着头，道："你就当我是真在敷衍你吧。"

"为什么？"叶蔓却不想再退步，"这个问题我思考了很久很久，从八年前我就开始思考。"蓦地趴到影身边，直视他的眼睛，"你究竟是不是公子瑾？"

此时有一束阳光倾斜着洒入洞中，恰恰落在了他身上，金色的光打在他鸦翅般浓密的睫毛上，绕过眼窝，投下大片阴影，看不清他的情绪。

叶蔓的话仍在继续："有时我觉得你就是他，有时我又觉得你不是他，我甚至都在怀疑，你与他是双生子，世上有两个公子瑾！可后来我又觉得不是。"

"所以，你究竟是何人呢，影？"叶蔓又笑了笑，"我七年前所救的那个黑衣少年是你，真正的林惜早就死在那个破庙里，后来我所见到的林惜也是你所扮，可对？"

影不置可否，一直低垂着头，保持沉默。

从叶蔓这个角度看去，恰好能看到他的睫翼在阳光下不断轻颤，像是一对展翅欲飞的蝶。很久很久以后，它们终于停止了颤抖，猛地被掀开，霎时露出一双灿若星辰的狭长眼眸："我们先往洞里走，里边有风，定不会是死穴，或许顺着它爬出去，能找到一条活路。"

叶蔓默了默，他既然依旧不愿透露，她也不再强求，有些事，他即便是不说，她心中也清楚。

然而除此事以外，她依旧有件事想弄清楚，于是，她又问："还有，你是不是喜欢我？"

影先是一愣，而后撇开了脸，略有些别扭："与其整日想这些有的没的，倒不如思考思考该如何逃出去。"

叶蔓撇撇嘴，小声嘀咕着："就知道转移话题，若对我无意，还能舍身替我挡蛇毒？"

叶蔓的声音清晰可闻，影却假装未听见，他尴尬地轻咳一声，从怀里掏出块夜光石，兀自匍匐着前进。

这个山洞是葫芦状的，越往前走越开阔，起先两人还要匍匐着前进，后来渐渐成了弯腰前进，现在连影都能挺直着背往前走。

那股子潮湿的感觉也随着视野的开阔而消散，渐渐地，叶蔓甚至感受到有风拂过她的面颊，有醉人的野蔷薇花香钻入鼻腔，连带着心情都变得愉悦。

于是她又忍不住开口："你说洞外面会是怎样的地方？有着这

般浓郁的蔷薇香,外面定然种满了蔷薇花吧,真希望一眼望过去都是红的。"

兴许是那花香让人感到放松,一直紧绷着的影也难得附和了一句:"那样定然美极了。"

叶蔓忍不住露出了笑脸,提起裙子就要冲到洞外去,却被影一把拽住:"等等,我先去。"

已然算不上刺眼的阳光一晃一晃落到影身上,这一刻叶蔓只觉他看上去越发眉目疏朗,好看得教人挪不开眼。

在影面前,叶蔓向来耿直,她想都未想便由衷地感叹道:"我从前竟未发觉你生得这般好看!"

拽住叶蔓的手霎时被抽回,而后叶蔓只觉发髻上有什么被人拔走,影头也不回地大步走出石洞,只余叶蔓一人单手托腮沉思:"他这是生气了,还是害臊了?"

不知何时,洞穴外的风变得不再轻柔,一阵一阵地袭来,隐隐约约有些狂暴,带着丝丝阴冷的气息,叶蔓的沉思也戛然而止,她无端变得有些紧张,想出洞去一探究竟。洞穴外的阴风越来越盛,甚至还有腥臭腐败的气息传来,时间一点一点推移,叶蔓越待越觉不安,索性掏出一把浸泡了雄黄酒的桃木箭,做好拉弓上弦的准备,一路拉着弓走了出去。

脚刚要踏出地面，就听不远处传来了影的咆哮声："那地方不是通往别处，而是那紫晶巨蟒山神的老窝！快跑！"

叶蔓忍不住回过头去看，却见影浑身浴血地跑了过来，远处是一条条水桶粗细的蟒蛇尸骸，那被砍断冠子的紫晶巨蟒竟从山洞那边绕了过来，甚至都不顾影身上沾满了蛇灭门草汁液，一路追在影身后跑。

影本就受伤不轻，方才又与那水桶粗细的紫晶巨蟒经历一场大战，速度自然是有所减缓。站在山洞里围观的叶蔓心都要提到嗓子眼，眼看那紫晶巨蟒离影越来越近，芯子就要碰到影的后背，她忍不住又朝紫晶巨蟒眼睛里射了一箭。

叶蔓甚至直接跑了出来，意图吸引那紫晶巨蟒的注意。

这已经是她第二次这么做，和第一次情不自禁就跑了出来不同，这一次她是别有目的。

桃木箭依旧插在紫晶巨蟒猩红的眼睛上，它却对叶蔓不闻不问，一门心思追在影身后跑。眼看影就要跑入洞穴之中，紫晶巨蟒一个猛地加速掀起飞沙无数，连站在远处的叶蔓都被那平地卷起的风沙迷住了眼。

再次睁开眼时，目之所及之处已无影的踪迹，那紫晶巨蟒正在费力吞咽影的身体，地上只余下一只沾满黄泥的漆黑皂靴。

那一瞬间，叶蔓仿佛觉得被吞掉的不是影，而是她的心脏，有什么东西"啪"的一声碎裂开，眼泪像是断了线的珠子般，再也止不住地流下来。

吞完一人的紫晶巨蟒并未就此餍足，它红着眼睛，又要朝叶蔓扑来。

叶蔓怔怔站在原地，来不及躲避，下一刻紫晶巨蟒却极度痛苦地卷成了一团。

只听紫晶巨蟒腹部传来"扑哧"一声巨响，止不住流眼泪的叶蔓怔然抬起了眼，下一瞬，却见紫晶巨蟒不停在地上翻滚。霎时间，血光漫天，紫晶巨蟒腹部豁然敞开个硕大的口子，鲜血如同喷泉一般从那白森森的口子里喷涌而出，它仍在不断地挣扎，却越是挣扎血液就流失得越快。直至最后，它甚至都没有一丝力气动弹，一双猩红的眼睛幽幽望着捂嘴蹲在地上的叶蔓。

那个硕大的口子持续裂开，浑身沾满鲜血的影突然从蛇腹中钻了出来，他似有些站不稳，手中还紧紧捏着叶蔓的绕指柔。

也顾不上他身上是否腥臭难闻，叶蔓一个箭步冲了上去，尚未来得及开口说话，却被影抱了个满怀，耳畔传来他异常平静的声音："被吞下去的那一刻，我在想，倘若我就这么死了，会不会有人记得我。大概所有人都不会记得吧，世人只知楚国有个公子瑾,却不知,还有个影。"

叶蔓被抱得太紧，下意识想推开他，下一刻却被抱得更紧，他声音淡淡的，尖尖的下巴抵在她头顶："直面死亡的那一刻我才明白，我是何其不甘，我无名无姓无父无母，甚至，连这张脸都本不是我的。"

"你说我为何要这般活着？可以是任何人，却唯独不是自己，既然如此，我又为何要来到这世间？又为何要平白地将自己用命换来的东西拱手再送给那人？质子我替他去做，战场我替他去上，几经生死的人是我，最后的好处却落到了什么也没做的他身上，你说，我可甘心？"

叶蔓终于发觉事态不对，她倏地瞪大了眼："所以你想……"
混合着蔷薇香与蛇血腥臊的风擦着脸庞刮过，影眯了眯眼，望向已近黄昏的天空，贴着叶蔓耳郭喃喃："我想要变天了。"

"所以影的身份究竟是什么？"梳着双丫髻的胖丫头迫不及待地问着，"还有，还有，最后叶蔓是不是和影一同私奔了呀？"
"对呀，对呀。"又有孩子接着问，"那叶蔓的姐姐阿华又该怎么办？"
孩子们一个个追问得紧，蔓华只得停下来，却未一一去解释，只挑选了个别问题来回复:"影本来只是个普通人家的孩子,因幼年时期与公子瑾生得几乎一模一样,就被公子瑾那一心想夺权的母妃派人给掳走,想将他培育成公子瑾的替身。可他毕竟与公子瑾并无任何血缘关系,越长大,就与公子瑾越长得不一样。直至后来,公子瑾的母妃遇到了那可炼制生肌丸之人,影才拥有了一张与公子瑾一模一样的脸,后来甚至连公子瑾他母妃都再也分不清他们二人,所以她定了个不为人知的规矩,那便是影扮演公子瑾的时候,只准穿黑衣……"

蔓华故事尚未讲完,堆积如云烟的香雪海里传来了细微的声响,一个手挽食盒的绯衣女子遥遥走来,身后还亦步亦趋跟着只糯米团子似的小狗。

孩子们见到那女子手中的食盒,眼睛都亮了,纷纷跑上去围着那女子。胖丫头更是会撒娇,两只胖乎乎的小手拽着女子的衣袖,软绵绵地叫唤着:"晚樱姐,你这次可又做了樱花饼?"

晚樱向来寡言少语,并未开口说话,只微微颔首,打开食盒,端出一碟又一碟的精美点心。

孩子们的注意力瞬间全被糕点吸引,糕点端出来的一瞬间,那原本趴在地上,半合着眼打盹的小狗突然撑开眼皮,一头扎进孩子堆里,伸出舌头,使劲叫唤。

蔓华失笑着摇头:"你这样只会把他们惯坏。"

晚樱只抿嘴一笑,恬淡且娴静。

孩子们在前方嬉笑着瓜分点心,蔓华看了几眼便收回视线:"后来他又找了我几次,我答应了他,今日陪他出去逛逛。"

她话音落下不久,梨花林的尽头赫然出现一道黑影,玄衣男子骑着俊美的白马,踏着一地梨花而来,一路扬起的风不知卷落多少剔透梨花瓣。

蔓华略显清冷的声音在这梨花林里悠悠飘散:"我有事先走一步,接下来的故事由晚樱代替我说完。"

蔓华说完这话竟直接与那玄衣男子走了,晚樱备感无奈,又拿那群眼巴巴望着自己的孩子没办法,只好硬着头皮上:"你们蔓华姐所说的故事,我所知并不多,我想,我也只能给你们讲一个关于等待的故事。"

孩子们往嘴里塞东西的动作渐缓,美滋滋地吃完樱花饼的小狗又颠颠跑来。

"那个故事发生在很久很久以前。"

晚樱的声音穿透花海,飘向很远很远……

卷二
晚樱

一、我从不信世上真有无欲无求之人，包括你也一样。

那夜的雨下得格外大，仿佛天空突然破了个洞，黄豆大小的雨珠噼里啪啦敲打在叶蔓身上，她全身上下都已然湿透，散落的发髻与薄薄的纱衣一同粘在身上，整个人如同刚从水中捞出来一样。

前庭的门被人从内推开，走出个撑着二十四骨油纸伞的青衫侍女，她声音虽有些冷，但面上还是透露出几分不忍："圣主让你回去。"

叶蔓仿若未听到一般，腰杆挺得笔直，依旧跪在冰凉的青石地板上。

那侍女无声地叹了口气,摇了摇头,又撑着伞合上木门。

屋内一炉沉香冉冉升起,茶罗怀中抱着一只鸳鸯眼的波斯猫,慵懒地倚靠在铺着柔软兽皮的美人榻上。坐在她右手方的晚樱正端着一盏香茗,细细吹开漂浮在碧青茶汤上的茶叶。

那青衫侍女端端正正向茶罗行了个礼,才道:"她仍跪在外面。"

茶罗却是连眼皮子都没眨一下,只问:"她在外边跪了多久?"

"估摸着也有三四个时辰了,从您来这儿开始一直跪到现在。"

"嗬!"茶罗不禁嗤笑一声,涂满丹蔻的白嫩手指依旧有一下没一下地拨弄着那只波斯猫,"那傻子倒是有个好妹妹,只可惜呀……"

叶蔓回到楚国已有半年,起先谁都不曾料到她能活着回来,本欲借此除去叶蔓的茶罗更是视她为肉中刺眼中钉,欲拔之而后快。

她接下来的任务虽都不及杀巫蛊王那次凶险,却也都不是些轻易就能完成的任务。所有人都知道,茶罗想除掉她,她却总能绝处逢生。一直暗中出手的茶罗终于按捺不住,开始向叶华下手,叶华于叶蔓而言,就好比蛇的七寸,也唯有叶华是她的软肋,只要被人捏住了,她就无法动弹。

晚樱杯里的茶已被饮去一大半,屋外的狂风暴雨也逐渐成了蒙蒙细雨，茶罗却没有要离开的意思。淡然如晚樱也不禁有些焦灼，捉摸不透茶罗究竟有何用意。

一盏茶被饮尽，立在身后的侍女即刻上前替晚樱续上一杯，她有些心不在焉地用茶盖拨动着漂浮在杯中的茶叶，一连拨动了好几下，茶罗才再度发话："你可知我今日来的用意？"

晚樱手中动作一顿，即便心中亮如明镜，她也依旧是摇头："晚樱愚钝，不知圣主何事屈驾。"

茶罗也懒得再与她打太极，开门见山地道："你可知这十四个孩子里，本座最属意的就是你。"

晚樱眼中波澜不惊，勾起唇微微笑道："承蒙圣主厚爱。"

茶罗不再逗弄她怀中的波斯猫，艳红的唇勾出个惊心动魄的弧度："这次的任务虽算得上凶险，却是展现你实力的绝佳机会，莫教我失望。"

雕着花的红木门不知何时被敞开，长风呼呼吹进屋来，拂得晚樱鬓角的发不断飞扬，她的声音与她的人一样淡："晚樱定不辱使命。"

茶罗抱着她的波斯猫离开，途经庭院时朝叶蔓瞥了一眼。

此时正逢隆冬十二月，她跪了一整日粒米未进，又一直淋着雨，早就支撑不住地倒在了青石地板上。

雨终于在这一刻停了，直至荼罗的身影完全消失在黑夜里，叶蔓才缓缓睁开了眼睛，而此时晚樱正蹲在她身前，小声道："圣主已然走了。"

　　叶蔓眨了眨眼，依旧赖在地上："我知道。"

　　顿了顿，她又道："其实我是来找你的，恰好被她撞到，便索性导了出苦情戏。"

　　晚樱震惊于叶蔓的坦诚，盯着她看了许久，说不出话来。

　　叶蔓却又笑："赶紧找人把我抬进屋里，我有话要对你说。"

　　一杯暖暖的姜茶下腹，叶蔓舒坦地叹了口气。

　　一旁的晚樱正用某种奇怪的眼神望着叶蔓，她总觉得，自从叶蔓杀了巫蛊王回来就跟换了个人似的，从前的叶蔓是既呆且古怪，如今的叶蔓是奇怪中透露着古怪。

　　叶蔓自然不知晚樱心中所想，自顾自地道："她来找你是为了告诉你，她对你另眼相看可对？"

　　晚樱不说话，叶蔓又接着道："事实上你也不必怀疑她的用意，我们十四人中也确实只有你一人对她威胁最小，看似淡泊名利，实际上是天生性子散漫，无欲亦无求，比任何人都要好操控。"

　　晚樱古井无波的眼睛里终于有了丝丝细小的波纹。

　　"其实你并不喜欢这样的生活，可对？"

叶蔓说到这里的时候，一直沉默的晚樱终于忍不住开口："你就不怕隔墙有耳？"

叶蔓不以为然地笑了笑："我们所说的话若能轻易被旁人听了去，你又岂敢轻易把我带进来？"

晚樱再度沉默。

叶蔓权当她在默认自己的话，毫无顾虑地接着说下去："我从不信世上真有无欲无求之人，包括你也一样。"

晚樱突然来了兴致，一直兴致缺缺的她赫然抬起了头："那你说，我究竟想要什么？"

"自由。"

无风无雨的夜里又凭空响起了一阵惊雷，瓢泼大雨突然"哗啦啦"地下，叶蔓的说话声与那哗哗的雨声混淆在一起："协助我，我能给你想要的自由。"

……

楚国的冬天格外阴冷潮湿，晚樱刚踏出马车就有刺骨的寒气呼呼袭来，她却毫无知觉，像具失了魂的活尸般在街上游走。

她脑袋里在不断回想叶蔓说的话。

"不会太久，最多三年，只要三年，我就可以让这里变天！"

晚樱想得出神，全然未发觉，自己已然踏入了某个小贩摆摊的范围，而后她被一个软软的物什抱住了腿。

低头望去，一个浑身破破烂烂的少女正仰头望着她。

晚樱毫不犹豫地拔下自己头上价值不菲的掐丝螺纹簪，一把丢到少女身前的破碗里，掰开她紧紧攥住自己裙角的手，继续往前走。

少女霎时瞪大了眼，捡起那支掐丝螺纹簪就黏在她身后。

起先晚樱还没在意，一连被跟着走了两条街，她才明显有些不悦，从袖中掏出一把明晃晃的匕首，面无表情地比在少女的脖子上："再跟着我，我就杀了你！"

少女十分委屈，却又慑于晚樱手上的匕首，最后欲言又止地望了晚樱一眼，只得心不甘情不愿地捏着那掐丝螺纹簪消失在街道尽头。

直至亲眼看到那少女走得没影，晚樱才转过身，继续朝码头所在的方向走。

晚樱这次的任务是刺杀浮生岛岛主，浮生岛岛主正是那炼制生肌丸之人，普天之下却无一人见过他本人，甚至连他姓甚名谁都无人知晓。

她这次的任务算不上危险，却有人多未可知的因素，她到现在甚至都无任何头绪,即便组织给了她整整两年的时间,她还是觉得无比仓促。

两年?嘁,怕是二十年都不一定能寻到那人吧。

船开了,咸涩的海风不断扬起晚樱鬓角散落的发,她头昏脑涨地站在甲板上吹着风,莫名有种如芒在背的感觉,像是有人一直在身后盯着她。

晚樱猛地转过身去,恰好看到身后闪过一道人影,她冷笑一声,木着脸追了上去,却发觉又是那总黏着她的少女。

这次她是真动了杀机,泛着寒光的匕首已然划破少女脖颈上细嫩的肌肤,那少女显然被这一幕给吓到,一脸委屈地抽噎着:"主人别不要我,我会很乖的。"

晚樱颇有些意外,那少女第一反应竟不是求她饶命,而是求她别抛弃?

她仍冷着脸恐吓那少女,冰凉的刀刃在她纤秀白皙的脸上游走:"你就不怕我杀了你?"

少女猛摇头:"我不怕,既然主人已将我买下,我的命也都是主人的。"

晚樱挑了挑眉:"我何时将你买下了?"话一落下,她才猛然想起,当时那少女衣领上确确实实插了根草签,而她又恰恰在那时候丢了支掐丝螺纹簪下去……倒真是她买了这少女。

眼下也不知该如何处置这少女,既不能无缘无故杀了,也不好再派送下船,只得任由她待着。

晚樱无法忍受少女这般脏兮兮的样子,当即就替她在船上买了身干净的衣服。她细心地发觉,少女在看见她手中那身粉色小袄时明显变了变脸,这让本就不想留下少女的她颇有些不悦。

少女像是看透了晚樱的心思,强挤出笑颜佯装出一副开心的模样:"这衣衫可真好看,我这辈子都未穿过这样的衣衫。"

晚樱听了这话不禁有些动容,她原本也出身寒门,若不是六岁那年一眼被公子卿相中,恐怕她如今的日子也不比这少女好上多少,当即软了心肠,唤来船上的伙计过来替那少女烧洗澡水。

在船上洗澡是件极度奢侈的事,少女原本以为也就烧盆水让她擦拭擦拭身体,着实未料到晚樱会叫人实打实地替她烧了大半桶的热水。当她推开房门,看到屏风后那热气腾腾的洗澡水时,着实有些震惊。

二、可有人说过,你废话真的很多?

少女本就生得眉目精致,即便是先前破烂的粗布麻衣都难掩她的好姿色，如今洗得干干净净，又换了身嫩嫩的衣裙，越发衬得她白嫩无瑕，像是一块上好的羊脂白玉。

晚樱满意地看了她一眼，便径直走回自己房间，少女在身后亦步亦趋地跟着，像条黏人的小尾巴。

晚樱又有些无奈："我替你备了间房，你不必这般一直跟着我。"

少女虽低垂着头，声音却无比坚毅："既然主人已经买下了我，我就该好好服侍着主人。"

晚樱从未见过如此执着之人，她本就不是喜欢与人较真的性子，见劝不动那少女，也只能任由她去。

夜幕很快降临，原本平静的海面无端掀起巨大的波浪，那硕大的帆船在苍茫的大海上渺小如一粒沙。

晚樱待在船舱内被晃得头晕眼花，索性披了厚厚的斗篷走到甲板上去。

关门声惊动了卧在美人榻上浅眠的少女，她瞧晚樱走了出去，也不禁穿好衣衫，披了件厚实的大氅跟上去。

海上升起一轮明月，一半悬挂在天际，一半浸泡在无垠的碧海里，映得海面波光粼粼，一眼瞧过去，有着不可思议的壮阔美丽。

少女甫一从房间内走出，就看到这样一幅画卷：银白的月光像是水银一般倾泻在晚樱身上,丝丝沁凉的海风不断扬起她并未完全束起的发,她本就风姿绰约,再这般凭栏伫立在溶溶月光下,更显风华。

那少女走来之时忍不住多看了晚樱几眼,待到走近了,才问道:"主人可是睡不着?"

晚樱微微颔首,如实道:"在船舱里晃得头晕。"

瞧那少女有立在甲板上陪自己的意思,晚樱又接着道:"我只想出来透透气,你不必在这里一直陪着,自己早些进去休息。"

她话音落下,又见那少女紧抿着唇,巴巴望着她。

晚樱也不再强求,任由她站在那里。

两人就这么相顾无言地在甲板上吹了半晌的风,最终还是晚樱忍不住开了口:"我姓苏,名唤晚樱,你也不必整日称我为主人,平日里无事的时候你可以唤我晚樱姐姐。"

少女羞赧地点了点头,又神情怯怯地唤了声晚樱姐姐。

晚樱微微颔首,兀自看着与天融为一体的海平线,两人之间又没了话说。

海上风浪越滚越大,一波又一波的浪卷来,搅碎了海面上银白的月光。

这次的风比先前要猛得多,站在甲板上的晚樱竟有些站不稳,又有一波风浪卷来，她握住栏杆的手一个没抓稳，竟直接被甩得摔在甲板上。

落地的那一瞬间并无想象中的疼痛，身下像是垫了个软软的坐垫，晚樱低头看去，才发觉自己压在了少女身上，而她的双手此时正按在少女毫无起伏的胸口。

这少女看着也有十三四岁的年纪，十三四岁的少女即便没发育完全，胸前也不至于平成这样。

答案究竟是什么，晚樱心中已有了定夺。她不禁眯了眯眼，又从袖子掏出那把泛着寒光的匕首，抵在"少女"脖子上，冷声道："你究竟是何人？"

"少女"像是被这突如其来的变故给惊到，愣了好一会儿，才瘪着嘴，一脸哀怨地道："主人你又不要我了？"

晚樱这次没这么好糊弄，脸冷声音也冷："你若再不说实话，我也不介意把你剁碎了丢下去喂鱼。"

她这话一落下，四周突然变得极其安静，甚至莫名让她觉得有些心悸。

银白月光的照映下，"少女"的脸开始变得有些妖冶："晚樱姐姐可真凶呢，我好害怕呀。"

不知是不是错觉，晚樱甚至觉得他的声音里都透露出一股子妖异,而后晚樱只觉一阵眩晕,再度清醒过来时,已变成她被压制在甲板上。而那"少女"的脸此时也明显有了变化,原本圆润纤秀的鹅蛋脸慢慢生出了棱角变尖,杏仁般的圆眼也逐渐拉伸变得细长而上扬,一眼看过去依旧是那个"少女"却又明显变得妖异美艳。

晚樱怔怔看着他脸上的变化,不自禁就唤出"妖怪"二字。

听到"妖怪"二字的"少女"不禁挑了挑眉,空出一只手抬起晚樱的下巴:"你见过如我这般美艳的妖怪?"

变化最大的莫过于他的声音,由原本的清脆如银铃变作醇厚如美酒。

若不是他的声音确确实实像男人,晚樱只会以为他是个极度平胸的妖女。

晚樱习惯于掩饰自己的情绪,即便心中觉得惊骇,也依旧未透露出一分一毫,只紧紧闭着嘴,不说话。

那"少女"却兀自笑意盈盈地对着她的眼睛:"晚樱姐姐为何不说话?莫不是讨厌我了?"

他眼睫极长,在形如桃瓣的眼睛外密密匝匝绕了一整圈,说话的时候又刻意与晚樱贴得极近,晚樱甚至都能感受到,他鸦羽般浓密的睫翼轻刷过自己睫毛时带来的微痒。即便是见惯了美人的晚樱,也不禁被这妖孽般的男子晃花了眼,半晌以后,她终于愤愤出声"妖男!"

那妖男像是被晚樱咬牙切齿的神情给逗乐,又靠近了几分,贴在晚樱耳郭上吹着气:"你这词倒是用得贴切。"

从耳郭传来的奇怪感觉让晚樱不禁变得有些焦躁,她不想再被妖男逗弄下去,直截了当地问道:"你究竟有何目的?"

妖男眨了眨眼,一脸无辜:"我哪能有什么目的,既然你买下了我,我便是晚樱姐姐你的人。"

晚樱虽受制于人,却输人不输阵,她声音骤然冷却,冷着嗓子道:"若我不肯呢!"

"那我就只能用特殊的办法了。"妖男的声音也在这一刻变冷,他完全敛去了眼睛里的笑意,目光森冷地看着晚樱。

晚樱被他变脸的速度所折服,心中已有些警惕,她思索了很久,终于想到自己该说什么的时候,那妖男却一把抱着她的脸,直扑了上来,并且准确无误地贴住两片柔软的唇,细细碾压舔舐。

变故来得太突然,晚樱甚至一时间都未反应过来,待到她意识到发生什么的时候,只觉脑袋里仿佛有什么东西"轰"的一声炸开了。她甚至都未开始反抗,牙关便被人撬开,一颗苦涩的药丸就此滚进她的喉咙,她……竟然就这般被人喂了毒!

晚樱尚来不及发出感慨，妖男已然松手起身，好整以暇地望着她。

她脑袋依旧一片混乱，以至于让她看上去显得异常镇定，这倒让妖男对她有些刮目相看。

沉寂许久以后，她才皱着眉问："你究竟是何人？"

妖男煞有介事地朝晚樱眨眨眼："姐姐你莫不是失忆了，我是你弟弟苏寒樱哪。"

晚樱默默无语地看着他，毫不留情地道："我没你这种年纪一大把的弟弟。"

晚樱前些日子才满十五，她也算是个正处于豆蔻年华的少女。而那妖男一眼望过去虽看不出岁数，却无端给人一种至少也有二十三四岁的感觉，以晚樱的年纪叫他大叔都绰绰有余。

他却死不要脸地道："我只不过长得显老了些，姐姐你竟如此嫌弃我。"

晚樱默默无语地白了他一眼，莫名觉得自己与他无法交流下去。

他却一把将仍躺在地上的晚樱捞了起来，直至这时，晚樱才发觉，他不仅仅是脸和声音变了，连体形都与之前有着天差地别的变化。

晚樱在脑中将她所知的各种古怪功法都给过了一遍，愣是没找到这种能完全改变人声音、容貌以及体形的异术。她不禁又开始怀疑，莫非那妖男真是个妖孽？

见晚樱不搭理自己，兀自木着脸发呆，那妖男有些不乐意了，弯下身拍了拍晚樱的脸："想什么呢，姐姐？"

晚樱万分嫌弃地避开妖男的手，又想起先前那妖男还吻了自己，抬起手，用袖子一连擦了好几遍嘴，才冷冷道："我只是在想，你究竟是何方妖孽。"

妖男脸上依旧带着笑，只是那笑意一分一毫都未渗入眼底："无论我是何方妖孽，你总归都是我姐姐。"

晚樱这下完全失去了与他继续交谈下去的欲望了。

他却像个话痨似的一直絮絮叨叨说个不停："总之，咱们以后就是一家人。"

晚樱忍不住侧目斜了他一眼，他像是看破晚樱心事一般，又接着道："你也不必想歪，觉得这话听上去奇怪。你若是不想叫我弟弟，我勉为其难地被你叫声叔叔也行，只不过嘛……当我侄女……"

他后面的话尚未说完，晚樱已径直走回船舱，他只得又跟了上去，一边走一边继续念叨着："只不过嘛，做我侄女，你就得学会孝敬老人家，正所谓百善孝为先……"

晚樱终于又忍不住去打断他："可有人说过，你废话真的很多？"

他摸着下巴若有所思："有吗？"

晚樱又斜着眼瞥了他一眼,这才突然记起,他给自己喂毒的事,又问道:"你给我喂的是什么东西?"

"啊……"他又瞬间来了精神,"这个毒呀,名唤'浮生三日闲',乃是我在浮生岛上闲了三日所研制的独门秘毒,创这毒的第一日,我……"

晚樱不堪重负地摆了摆手:"够了,够了,你不必再说了!"

三、我要找一样对我而言非常重要的东西。

晚樱不知苏寒樱究竟有何目的,听闻他此番远航要去的地方也是浮生岛,晚樱懒得再去纠结他的用意,总归知道他的目的是迟早的事,她只需知道自己不会轻易丢命便行。

海上有微风徐来,带着咸涩的海水味,一点一点拂过晚樱光洁的脸颊。远处浮生岛的轮廓清晰可见,她甚至都能看到港口上担着商品叫卖的货郎,蹲着捣弄鱼干的小姑娘……倒是一片繁荣景象。

半个时辰以后帆船靠岸,在海上漂泊了整整七日的晚樱终于踏上真真实实的土地,她此行并未带多余的行囊,随意收拾一番就可上岸。反观苏寒樱,却是不知跑去了哪儿,压根寻不到人影。

晚樱本就嫌弃他累赘,在岸边等了他近一盏茶的时间,都不见他的身影,索性准备一个人离开,却不想,刚转身就跑来个十二三岁的少女，不，应该说是个少年，因为他与苏寒樱极其相似，除却看上去小了整整十多岁，并无其他不同之处。

晚樱不想与他说话，只用一种十分奇怪的眼神瞥着他。岂知，他竟嘴角一弯，直接跑来抱住晚樱的胳膊，一脸无邪地喊着晚樱姐姐。

晚樱只觉胃里一阵翻腾，脸色瞬间变得很古怪，犹豫好一会儿，才道："你把自己弄成这样，该不会就是为了能够光明正大地喊我姐姐吧？"

这大抵是晚樱与苏寒樱说过的最长的一句话。未料到晚樱会与自己说这么多话的苏寒樱先是一愣，方才满脸诧异地望着她，振振有词地道："你乱说什么呢，浮生岛上想杀我的人多着去了，我若不乔装打扮一番，早就被那些人用乱箭射成筛子了。"顿了顿，他又摸着下巴若有所思，"不过，你方才所说倒也对，如此一来我就不用被你占便宜喊叔叔了。"

晚樱："……"

苏寒樱似乎还想再说话，怕再度引出一番长篇大论的晚樱立马截住了他的话头："打住，回到正题，莫要再扯到别处去，赶紧说，你把我带到此处来究竟有何目的？！"

苏寒樱难得露出了正经的表情，他并未马上接话，略有些哀愁地望了眼远方的海平线，方才悠悠道："我要找一样对我而言非常重要的东西。"

兴许是苏寒樱那一瞬间的眼神太过寂寞，又或许是晚樱这些日子过得太闲，以至于尚未经过大脑思考就被苏寒樱牵着走了，待到她缓过神来，已站在熙熙攘攘的人群中排着队。

直到他快要靠近自己，晚樱才恍然回过神来，万分嫌弃地瞥了苏寒樱一眼："所以，为了替你找那样东西，我就非得跟你一起卖身给人当侍女？"

"唔，这话听上去虽不大好听，可你若是这么理解，倒也没错。"

苏寒樱点头如捣蒜，毫无愧疚感，仿佛他只是带着晚樱去游玩，而不是莫名其妙就把人给卖了。

晚樱本就是个随遇而安之人，虽几度被苏寒樱搅得气结，却因天性散漫而懒得再去纠结，又朝苏寒樱翻了个白眼，便不再言语。

她的命本就捏在苏寒樱手中，更何况……她目光深沉地望了眼悬在头顶的匾额，即便没有遇见苏寒樱，她最终也会来这寒域宫，不过是时间上的问题罢了。

寒域宫正是浮生岛岛主的老窝，没有人知晓，这座通体以玄铁打造的建筑何时出现在所有人的视线里，正如无人知晓浮生岛岛主是谁一样，一切俱是谜。

晚樱虽不知道寻常人家是怎样招侍女的，却也知道绝不会如这里一样，排着老长的队，一个个进去供人挑选。

她眉头方一皱起，苏寒樱便觍着脸凑过来，像是无意之举般贴着她耳畔，絮絮念着："也不知里边的人是傻还是笨，一下挑这么多侍女，生怕别人不知道以前的都死了吗？"

"死了？"晚樱两道新月似的眉微挑，却是被苏寒樱勾出一丝好奇心，压低了声音，贴在苏寒樱耳畔询问，"里边的人都是怎么死的？还有你又怎会知晓？"

"你猜呀？"只见苏寒樱嘴角一咧，笑得见牙不见眼，"猜对了或许还会有额外的奖励。"

晚樱只觉与他说话当真不是明智之举，白眼简直要翻破天际，皮笑肉不笑地撂下一句话来："你猜我猜不猜？"

苏寒樱被她这么一挑，越发来劲："你猜我猜你猜不猜？"

晚樱简直要被他这话给绕晕，从鼻腔里发出一声冷哼，又转过头去，不再看他。

两人一直从未时等到酉时，直到太阳快要落山之际才踏进那钢铁堡垒般的寒域宫。晚樱本以为这里挑选侍女有何讲究，岂知管事的不过问了她的名字和年纪，就让她顺利通过，甚至连家世背景都未询问清楚。如此草率，越发证明如今的寒域宫内极度缺人，苏寒樱所说的话也无端变得有理有据。

晚樱与苏寒樱一同被分到西苑偏房入住，从此以后他们都将住在这里，至于他们以后将谋份怎样的差事，还得等翌日来细分。

此处虽是下人共住的通铺，环境却也算得上整洁干净，苏寒樱只瞧一眼，便蹬掉鞋袜躺了上去。

经过一整日的折腾，晚樱早就有些疲惫，本也准备脱掉鞋袜躺床上去，靠近床沿才猛然想起，苏寒樱是男儿身。虽说从前不知苏寒樱是男儿身的时候也与他同过房，如今再让她去与苏寒樱同睡一间房，却只会让她觉得别扭。晚樱一时间愣住了，不知自己究竟是否该爬上床。

苏寒樱则舒舒服服地躺在床上，不怀好意地瞥她一眼，明知故问："姐姐，你为何还呆站着？赶紧上来歇息呀。"

瞧见他这副"小人得志"的模样，晚樱只想扑上去撕烂他的嘴，斟酌再三，终究还是蹬掉了鞋袜，掀开被子，爬上床去。

苏寒樱侧卧在床上，眼睛一眨不眨地盯着她，正欲开口说话，又有一人推门走了进来，二人同时偏头望去，却见来人是个穿着寒域宫侍女服饰的姑娘，十五六岁的模样。

那姑娘瞧见自己铺上无端多出两个人，先是愣了愣，而后才笑着关上门，走过来，一脸亲切地问道："两位妹妹是新来的吧？"

晚樱性子冷淡,本不欲与不相干之人交谈,后又想起自己来寒域宫的目的,只好笑着应了句:"是呀,今日刚过来的。"

晚樱却是如何都没料到,那姑娘竟比苏寒樱还话痨。她不过随意回应了一句,那姑娘就一股脑儿打开了话匣子,先是把自己家中的各路奇葩亲戚给讲了一遍,接着又开始讲寒域宫里的事。

晚樱本听得昏昏欲睡,一听到寒域宫三个字,才强行打起了精神。只是那姑娘说来说去,也只是说寒域宫大公子陌玉如何如何的俊美。晚樱只觉耳朵都快听出了厚茧,有意拉开话题,像是无意间发出一声感叹:"也不知教出陌玉公子这般风流人物的宫主是个怎样的人?"

浮生岛岛主正是这寒域宫的主人,世人皆知他有个神仙般风雅的大弟子,名唤陌玉。是以听到陌玉这个名字,晚樱也不觉得陌生,只是那姑娘从十三岁那年入寒域宫至今已经三年也就见过陌玉一次,更别提那神龙见首不见尾的寒域宫宫主。

听了晚樱的话,那姑娘只得摇摇头,如实道:"一般的人哪能见到宫主呀。"说到后面又压低了声音,颇有些神秘的样子,"可别告诉别人呀,听闻即便是陌玉公子也都没见过咱宫主的真正面目。这么多年来,宫主究竟是男是女都无人知晓。"

晚樱只觉那姑娘说了等于没说，本就有些困顿的她却是再无与那姑娘聊下去的兴致，抿了抿嘴角，便道："时辰不早了，我也乏了。"

听到这话，那姑娘即便是再想找人说话，也不好再拉着晚樱继续聊，快快道了句："我也乏了。"说完就披起衣衫起身将烛火吹灭。

屋外有长风穿过竹林，发出"沙沙"声响，原本困得眼都快要睁不开的晚樱竟无端失了眠，在床上翻来覆去，死活睡不着。

幽黑的屋子里不断传来绵长的呼吸声，颇有些烦闷的晚樱索性睁开眼望向窗外，却见窗外竹影斑驳，月色皎白。

"睡不着？"低沉的男声冷不丁从身后响起，吓得晚樱浑身一颤，转过头去，又见苏寒樱变回那不男不女的妖孽样子，正以手支颐似笑非笑地望着自己。

他们所睡的通铺有一半靠着窗，几缕素白的月光穿透微敞着的窗，水银一般倾泻在苏寒樱光洁的面颊上，镀上了一层圣洁的银辉，他那妖孽得过分的容貌也无端变得纯净柔和。

与他视线撞上的那一瞬，晚樱只觉心头一震，直至此时，她才彻底看清苏寒樱的容貌，一时间竟有些看痴。

察觉到晚樱眼神的变化，他微微上挑的狭长丹凤眼里闪着促狭的光："姐姐莫不是看痴了？"

他们此时隔得很近，甚至都能感受到对方温热的呼吸，晚樱不大自然地撇过头去，却是依旧嘴硬："我不过在思考，一个大男人怎会长成你这般娘罢了。"

他的声音里带着笑意，湿热的呼吸一下又一下喷洒在晚樱耳际："还以为姐姐倾倒在弟弟的石榴裙下了呢。"

晚樱无端起了一身鸡皮疙瘩，身体亦绷得僵直，直至那股奇异的感觉从身上散去，她方才往边上挪了挪，语气生硬："你个不男不女的东西。"

寻常男子听到这种话，定然会气到吐血，苏寒樱却不是寻常人，他对这话仿若未闻，伸出修长的手指戳了戳晚樱的脊，一瞬间就换了个话题："姐姐看上去对浮生岛岛主很感兴趣？"

晚樱不禁有些懊恼，她套那姑娘话的时候确实有些没沉住气，以至于让苏寒樱找到端倪，她缓缓呼出一口气，语气状似随意："不过随口问问而已。"

"哦？"苏寒樱仍想接着这个话题继续问下去，晚樱却不给他这个机会，翻身拉起棉被，一把罩住自己。

"嚄！"愉悦的轻笑声在被窝外久久回荡不散，晚樱心情烦躁至极，越发没了睡意。

晚樱那夜睡得很晚，却在天尚未亮透之际就被那姑娘强行摇醒。她顶着两个乌黑的眼圈从床上挣扎着爬起来，正欲弯身去穿鞋，头顶便笼罩来一片阴影，苏寒樱调侃的声音适时响起："瞧姐姐这无精打采的模样，大抵是昨晚没睡好。"

晚樱脑子犹自混沌着，根本抽不出时间去搭理他，自顾自地弯身穿鞋，他又死皮赖脸地弓身凑近了些，湿热的气息纷纷喷洒在晚樱耳郭："莫非是因弟弟在身旁便彻夜难眠？"

晚樱手上动作一顿，少顷，才仰起头来，向来淡然的眼神中透露出一丝凶狠："我只是在想，怎样才能把你弄死罢了。"

苏寒樱双手捂胸，呈西子捧心状，他声音悲戚，面上仍笑意一片："我竟不知姐姐如此狠心。"

晚樱强行克制住拿鞋去抽他的冲动，穿好鞋袜便径直走了出去，只余苏寒樱一人留在原地喃喃自语："啧啧，真是个冷淡的姑娘。"

用过早膳以后，晚樱与苏寒樱一同回到了昨日供那管事挑选侍女的房间。

晚樱刻意观察了一番，发觉昨日来排队的姑娘们几乎都被选上了。她正低头沉思着，房间里却又突然多出两个穿深灰暗纹衣衫的管事。

昨日那个大管事所说的细分去处也不过是站在原地，供那两个新来的管事进行挑选。

一路看着那两个管事挑选，晚樱也发现了个规律，但凡是瘦弱些的都被一个瘦高的管事挑走了，余下些高壮的通通站在原地。

晚樱虽纤瘦，身形却比一般的女子都来得高挑。途经晚樱身边时，那高瘦的管事视线在她身上转了又转，最后还贴在另一个矮胖的管事耳朵边上叽叽咕咕说了些什么东西，晚樱就莫名其妙被留了下来，眼巴巴看着苏寒樱与一行娇小的姑娘被高瘦管事领走。

她甚至都要怀疑自己是不是要被留下来做粗使侍女。

浮生岛岛主这辈子共收了两个徒弟：一个是世人皆知、擅音律的妙音公子陌玉；另一个名唤施怀柔，却几乎无人知晓她的存在。

苏寒樱与那队娇弱的姑娘都要被送往陌玉的住处，晚樱与其余高壮姑娘都是要送往施怀柔那儿的。

一路走去，晚樱都在猜想苏怀柔究竟是个怎样的人物。

虽不出名，却也应该不会太差才是。

晚樱与那群高壮的少女绕着迂回曲折的回廊走了近半盏茶的工夫，终于停在一片开满蜡梅的庭院外。

蜡梅虽小，香味却清幽冷洌，轻轻扫在鼻尖，无端让晚樱觉得亲切。她爱极了蜡梅的冷香，自己的院子里除却蜡梅再无别的树木，许久不曾闻到蜡梅香的她竟有一瞬间的失神，像是恍然间就回到了自己的住处一样。

晚樱一行人并未直接走进庭院，又在寒风里足足站了一炷香的时间，才被人唤进庭院。

她向来懂规矩，知道身为下人时就该收敛住自己所有的好奇心，可当一只山鸡拖着长长的尾巴怪叫着从她头顶飞过时，她着实没能忍住，微微撇过头去望了一眼。

这一眼却瞥见一个蜜色肌肤的健壮女子扛着大刀飞奔而去，刀光一闪而过，不过须臾，那拖着尾巴怪叫的山鸡已然断了气，正被那健壮的女子拧着脖子颠三倒四地晃动着，溅出鸡血无数。

从未见过如此场景的晚樱心中一紧，正猜想着那健壮女子的身份，立于她身前的矮胖管事便一脸谄媚地朝那健壮女子屈膝行礼："主子的刀法真是越来越准了。"

话音一落下，晚樱只觉得自己脑袋像是被什么东西给夹了，一直嗡嗡作响。

她有些颓然地想，这足以堪称威武雄壮的女子该不会真是施怀柔吧……

那健壮女子像是极度厌恶这种话语，两道浓黑的眉几乎纠成一团乱麻，嗓门却是比外形更为豪放，听她说话，犹如钟鼓雷鸣。

"少说这种废话！我要的人呢？在哪里？"

矮胖管事脸上笑意丝毫未退去，就在晚樱被施怀柔说话声震得头晕眼花之际,那矮胖管事便伸出一根白胖的指头,指向晚樱的鼻子:"就她!就她!既长得美,身子骨看着也不娇弱,定能担大任!"

"是吗?"施怀柔提着滴血的山鸡步步逼近,用一种奇怪的眼神打量晚樱许久,方才粗声粗气地道,"替我扛刀试试。"

晚樱只觉自己耳朵都要被震聋了,深深怀疑施怀柔是否练过狮吼功。她恍神之际怀中莫名多了把沉甸甸的大刀,那刀刀背极阔,全身皆由玄铁打造而成,故而比一般的刀都要来得重,晚樱身形晃了晃,才勉强将那刀稳稳抱住。

施怀柔仿佛对晚樱不满意,十分露骨地嫌弃道:"太弱了,竟连把刀都抱不稳。"

话是这么说,也没有把刀从晚樱怀中抽出的意思,她不再与任何人说话,拖着山鸡径直走进屋里,似乎……正蹲在地上拔鸡毛……

晚樱看得目瞪口呆,由衷发出感慨,怪不得几乎无人知晓浮生岛岛主还有个二弟子……擅长杀鸡这等技能……怕是无论如何都没法说出口。

四、她额上尚有余温,竟是被苏寒樱印上一个吻。

施怀柔窝在屋内煲了一整日的山鸡汤,晚樱则立在庭院里扛了一整日的大刀。

她不明白施怀柔为何非得找个人来扛刀，正如不明白施怀柔煲个鸡汤为何非得自己动手杀鸡一样。

直到日暮西山，施怀柔煲好第一锅汤，带着一队牛高马大的侍女浩浩荡荡送往陌玉的住处，晚樱才得以解脱。

回到房间的时候，晚樱只觉自己全身上下骨头俱要散架，反观跟在她身后进屋的苏寒樱，神清气爽不说，一去陌玉那儿便被赏了支精巧的掐丝嵌蓝宝石发簪，正乐呵呵地向晚樱炫耀着。

晚樱累到连话都不想多说一句，有气无力地朝他翻了个白眼，便一言不发地钻入被中蒙头大睡。

痛苦的日子并未就此结束，第二日晚樱依旧是寸步不离地跟在施怀柔身后，替她扛大刀。

这次倒是比前一日轻松不少，只是施怀柔又不知从哪儿弄来一头嗷嗷乱叫的野猪崽子，一路扛着大刀撵着它满院子到处跑。从未见过如此架势的晚樱撇过脸，只觉无法直视，片刻以后，那野猪崽子的哀叫声逐渐微弱，像是彻底断了气。

离施怀柔最近的侍女立马拍手叫好："主子真不愧是女中豪杰！"

施怀柔却在听到"女中豪杰"四字时突然目光一冽，拔高嗓门对那侍女道："把刚刚的话再说一遍！"

那侍女这才意识到自己说错了话，一想到自家主子平日处罚下人们的凶煞模样，眼泪就不自觉流了下来，诚惶诚恐地伏跪在地："奴婢错了，主子饶命！主子饶命！"

施怀柔听到这话，神色却更冷，面色狰狞，活似恶鬼罗刹，那把染满野猪血的大刀被高高举起，就要落下去之际，院外突然传来个略显急促的叫唤声："主子，主子，陌玉公子来了！"

施怀柔手中大刀一紧，面色柔和不少，只对那侍女冷冷道了句："这次就饶过你！"

晚樱还是第一次见这般嗜杀之人，一瞬间就明白苏寒樱当初所说之话的用意，有了这样的主子，寒域宫内的侍女又怎么使，实在是供不应求，自然也就挑剔不得。

晚樱虽仍对此事有疑惑，却非多管闲事之人，她的目的只有一个，打探浮生岛岛主的消息，除此以外的事皆与她无关。

施怀柔匆匆忙忙叫人将那惨死的野猪崽子扛到屋里去，又把刀上的血迹擦干净，用浸了蜡梅的水冲淡地面的血迹，才堆起满脸笑容，立在原地等陌玉走来。

直至陌玉的抱剑童子出现，晚樱才明白施怀柔为何非得找个人替自己扛刀。

大概是在效仿陌玉。

晚樱虽从未练过剑，却也知道，有少数剑客会特意寻来五行与所铸之剑相承相符的童子养剑，那些童子身上的精血皆用来养剑，无一例外活不过成年。

这种法子过于阴损，早就被中原剑客所摒弃，晚樱真没想到，传闻中温润如玉的陌玉公子竟会钻研这种歪门邪道。

陌玉虽心术算不上正，那张脸却是十分对得起他的名字，他出现的一瞬，晚樱甚至都不知该用怎样的话语来形容这样一个男子。

只觉他着实配得上这个名字。

真真是陌上人如玉，公子世无双。

院子里像是平白无故起了阵风，吹得团团攒在枝头的红山茶飘忽着散开，铺就一条艳红的花路，素色衣裾轻扫遍地落花，那人捏着柄以白玉为骨的折扇，翩然而来。

世间万物仿佛都在这一刻静止，只余艳红山茶簌簌落地的声音。

院子里那些从未见过陌玉的侍女纷纷看得眼睛都直了，也只有一个晚樱不过看了两眼便悠悠收回视线。

风不知何时止了，空气中蜡梅的幽香越发浓烈，长身玉立的陌玉似有所发觉，一双暖玉般的眸子在晚樱身上转了好几圈，似对晚樱的表现感到不解。

陌玉这举动何其显眼，施怀柔一下就顺着他的视线寻到晚樱，晚樱只觉面上一热，继而发觉自己身上又多了道冰冷的视线。

纵使如芒在背，她也只能低低压着头，假装不在意。

施怀柔只盯着晚樱看了几秒，便不动声色地收回视线，强行压下怒气，颇有些嗔怪地与陌玉道："师兄今日来访也不提前说一声。"

陌玉也不作答，嘴角微微扬起，视线仍黏在晚樱身上，像是要在她身上看出个窟窿似的。

随着时间一点点地拉长，晚樱原本波澜不惊的心莫名开始胡乱跳动，这样的等待着实让人备感煎熬。

施怀柔的视线仿佛再度回到了她身上，然而这次只在她身上流转一圈，便收了回去，而后晚樱只听到施怀柔对自己说："你去膳房拿些糕点小食来。"

晚樱何其聪慧，一下就猜出定是陌玉看她的眼神引起了施怀柔的记恨，所以刻意支开她。若是在昨日，她定然会觉得施怀柔是个行为古怪，却耿直朴实的姑娘，而今她只觉得，施怀柔是个喜怒无常且杀人不眨眼的怪人，只觉得自己一言一行都得注意，否则一个不慎就会惹来杀身之祸。

此时的晚樱心事沉重，压根就没发觉陌玉随行的侍女中，正有一人弯着眼朝她笑。

晚樱抚平裙上的褶皱，屈膝行礼应了声"是"。

在晚樱要转身离去之际，施怀柔又意味不明地对立在她身侧的侍女道了句："膳房在西边，她是新来的，怕是寻不到路，来个人送她去。"

这话看似寻常，里边却暗含杀机，言下之意竟是直接让人送晚樱归西！

晚樱心中骇然，万万没想到施怀柔杀她之心竟如此急切。

那陌玉公子并无一丁点表示，从头到尾都不曾开口说话，仿佛是个没有情绪的冰冷玉人。

院中一个最高大的侍女低声应了句是，神色不明地瞥了晚樱一眼，径直绕到她身边，与她并肩而行。

晚樱不着痕迹地将那侍女打量一番，只见她步伐沉重、骨骼粗大，丝毫不像练家子，倒像个做惯重活的粗使侍女。

晚樱虽未练过武，却也不曾孱弱到随意一个阿猫阿狗都能取走她性命的地步，大概是施怀柔觉得她柔弱，一个身强体壮的粗使侍女就足够取走她的性命吧。

如此一来倒是给了晚樱逃命的机会，她这才稍微放宽心，有了逃出去的底气。

蜡梅的冷香丝丝缕缕在鼻尖萦绕，才跨出种了一圈蜡梅的院落，那粗使侍女便有所动作，晚樱只觉整个人重心一偏，手腕便被人拽住，整个人都被那粗使侍女拉着拖进树林里。

晚樱不曾流露出一丝情绪，沉着脸看那侍女从自己头上拔下一支尖细的银簪，面目也突然变得狰狞，咬牙切齿般道："怪就怪你生得美貌，下地狱去吧！"

劲风擦着脸颊而来，粗使侍女手中的银簪离晚樱脖颈仅剩一寸之距，正要再次发力，猛地刺进去，下一刻她只觉眼前有寒光闪过，竟在瞬息之间就被晚樱割断了脖颈。

晚樱难得展颜一笑，踢了踢仍未断气的粗使侍女，柔声道："若有来世，你该记住，杀人的时候要少说些废话。"

晚樱话音刚刚落下，身后就有掌声响起，她警觉地抬起头，却见仍是女儿身打扮的苏寒樱正笑意盈盈地立在她身后，由衷地夸赞着："这一剑真是又快又准又狠，也不知是杀了多少人才练出来的。"

晚樱本不愿暴露自己的身份，毕竟她至今为止都不知道苏寒樱究竟是何人，而今却是再也掩盖不住了，也不想和苏寒樱说过多的废话，冷冷瞥着他，开门见山地问："你究竟要干什么？"

苏寒樱漫不经心地卷着垂落在肩头的发，回答得毫无诚意："都说了是要找件于我而言非常重要的东西。"

晚樱莫名觉得懊恼,再次打消从苏寒樱嘴里套出实话的念头,又退而求其次地道了句:"我该做什么?"

她不信苏寒樱费尽心思将自己掳来并无其他目的,这句话她很早以前就想问,只是碍于没机会,一直没说出口罢了。

"你什么也不必做。"苏寒樱话音刚落下,整个人犹如一阵清风般移至晚樱身前,晚樱下意识往后退了退,苏寒樱却又再度逼近。她莫名觉得脸上一阵燥热,正欲开口说话,就感觉额上一暖,待到她回过神来,苏寒樱的声音已然飘出老远,"只需在最西边的那个门等我即可。"

她额上尚有余温,竟是被苏寒樱印上一个吻。

晚樱的思绪突然变得很乱,脑子也像脱离了控制,一遍又一遍回想起苏寒樱逼近时的场景,连心跳都乱了节拍,仿佛有人在她怀里塞了只活蹦乱跳的兔子。

许久许久以后,她的心方才恢复平静,半眯着眼长长呼出一口气,继而从怀中掏出个瓷白的细颈瓶,那瓶中装着的是看似如水般透明的液体,却能在顷刻之间将尸骨化作一捧灰。

风起尘落,粗使侍女的尸骨飘忽着散在树林里,晚樱侧目望了眼围满蜡梅的院落,径直往西边赶去。

五、这注定是个不平静的夜，漫天火光与鲜血交织，一路厮杀至天明……

晚樱躲避着来来往往的侍女和守卫，一路向西行，整整花去两个时辰方才抵达苏寒樱所说的西门。

此时日暮将近，天边云霞被落日染得一片绯红，仿佛被烧着了一般。

晚樱蜷曲在一处草丛里，看着天色渐渐转黑，又足足等了近半个时辰，才看见一道熟悉的人影正在拉近。

被夕阳染成绯红的残柳在傍晚微凉的风中摆动着枝条，在晚樱眼前晃出叠叠重影，那道人影越拉越近，渐渐与残影交织在一起，晚樱只觉眼前一花，下一刻就有道纤细的人影杵在自己眼前。

伊人眉目如画，纤薄的肩上趴着一只糯米团子似的小狗，正伸着粉粉嫩嫩的舌头与自家主人一同盯着晚樱。

自那道人影出现之际，晚樱便抑制不住地皱起了眉，而今被一人一狗这般盯着，眉头皱得越发紧，沉默半晌，她才道："你所说的非常重要的东西莫非就是这只狗？"

苏寒樱不置可否，二话不说就将那糯米团子似的狗一把塞进晚樱怀里，一副与隔壁张婶夸自家儿子雷同的表情"你可别小瞧阿白，它可不是普通的狗，不仅不惧百毒，还能找出藏匿得最深的草药。"

他说得来劲，那表情那神态，仿佛上天入地再也寻不到比阿白更好的狗。

晚樱突然不知该说什么话，如果眼神能杀人，她现在大概已经把苏寒樱凌迟了无数遍，只差摆在盘子里给人涮着吃。

苏寒樱终于意识到晚樱眼神不对，他赫然闭上嘴，手刚要搭上晚樱的腰，又遭一记眼刀。

苏寒樱终于沉不住气，一脸愤愤不平："我好心带你出去，你竟然还瞪我！"

晚樱气归气，也知自己不该在这时候闹脾气，悠悠收回视线，言简意赅地道了句："赶紧走，少磨蹭。"

苏寒樱手已搭上晚樱的腰，还想说些什么，身后突然冒出个温润如玉的声音："师父近日可好？"

苏寒樱身子赫然一僵，晚樱能够清晰地感受到，他搭在自己腰上的手正在微微颤抖。

天已然完全转黑，即便是与苏寒樱相视而站，她也完全看不清苏寒樱脸上的表情，她只知自己的心正随着晚风的吹拂而寸寸变凉。

明明知道自己此时说话有些不合时宜，她还是忍不住问了句："你是浮生岛岛主？"

苏寒樱对突然出现的陌玉视而不见，他表情不变，只低头顺着阿白背上蓬软的毛，轻声对晚樱道了句："是呀。"

仅存的一丝侥幸也在顷刻间被狂风刮去，并无找到目标后的欣喜若狂，这一瞬间，她只觉造化弄人。

明明从他口中得到了答复，她却在犹豫不决。

可她又有何资格去选择不杀？

她该明白的，那些人终究只是红尘里的过客，能够陪伴她一生的也只有那柄绕指柔。

手已然触到髻上的短剑，从指尖一点点蔓延开的冰凉触感仿佛在一刹那融入四肢百骸，她稳了稳心神，正欲将绕指柔从发间拔出，苏寒樱却冷不丁拎起她怀中的阿白，将它猛地向前一掷。

凄厉的狗叫声骤然响起，狂风毫无预兆地从四周卷来，吹得晚樱几乎睁不开眼，她只觉腰上一轻，尚未弄清状况，就已被苏寒樱带出寒域宫外。肆虐在身侧的风未有停歇，不断有黑影从她身边掠过，风声呜咽，她隐隐在夜色中嗅到了鲜血的气息，衣襟也不知在何时染上了一片濡湿。

是苏寒樱的血。

晚樱莫名有些慌了神，她不知自己究竟是在担忧什么，突然变得有很多话要说的她，一开口就被灌了满嘴的风，好不容易说出口的话,也被迎面刮来的风扯得支离破碎。

或许天意如此,她什么也不该说。

苏寒樱身形越来越不稳,晚樱只觉一阵天旋地转,不过须臾,整个人就如巨石一般疾速下坠。

无边的恐惧如黑夜一般席卷而来,层层叠叠包裹住她的身体,这一瞬仿佛有无数幅画卷同时在她脑中展开,那些已化作尘烟的往事蜂拥而至,顷刻间填充她的脑海。

大概是临死前的回光返照吧。

她缓缓合上眼,如是想道。

落地的瞬间并无想象中那般疼,那双一直搭在她腰间的手陡然施力,减缓她下坠的冲力,她终于安然无恙地落地,苏寒樱却在落地的一刹那瘫倒在地。

风静静地吹,呛鼻的血腥味像蛛网一般四处延伸,弥漫在夜色里,甚至连晚樱随风飘扬的发丝上都沾染了浓郁的血腥味。

她缓缓地压下身子,眼睛一眨不眨地盯着看起来毫无声息的苏寒樱。

他的胸腔仍有轻微的起伏,只是呼吸微弱,像是随时都会断气。

晚樱眉头紧了紧,手指几度触碰到绕指柔,又几度放下,最终勾起唇角,无奈一笑,像是自言自语般地道:"我倒是忘了自己被你喂了毒。"

竟就凭此而说服了自己，暂不杀他。

天已经完全暗下来，墨色天际孤零零地散落着几颗寒星，四处刮来的夜风吹得晚樱身前的篝火胡乱飘忽，在橘色火光的照映下，苏寒樱苍白的脸上方才染上几分暖意。

晚樱蜷曲在火堆旁，紧紧抱着自己的膝盖，眼睛一眨不眨地盯着苏寒樱的脸看，直至如今她仍有些不敢相信苏寒樱便是浮生岛岛主。她一直想着，如此不要脸之人究竟是怎样教出两个这般阴毒的徒弟，反倒忽略了一个更为重要的问题，那便是身为师父的他又怎会被自家徒儿追杀。

此时的她像是一头扎进了自己设下的圈里，不停地思索着那个在任何人看来都觉得奇怪的问题，像是入定一般呆坐着，自动过滤周遭一切声响。

一轮银月突然出现高悬在天际，远处隐隐传来令人头皮发麻的嘶吼声，并且一点一点在夜色中蔓延开，不过须臾，就连一直发呆入定的晚樱都听到远方传来的声响。一群鬣狗循着血腥味而来，闯入晚樱的视线，贪婪的目光不断在晚樱及苏寒樱身上流转，却又畏惧火光，不敢贸然前进，只得以火堆为中心，将晚樱及苏寒樱团团围住，形成一个密不透风的包围圈。

鬣狗是比狼更凶残狡诈的猎食者，在野外一旦被它们盯上，几乎就是无法逃脱的死亡命运。

那群鬣狗所围成的包围圈越收越近，阵阵尖锐而古怪的叫声不停充斥在晚樱耳畔，晚樱甚至都能清楚地嗅到它们身上所散发出的腐败之气。

即便如此，晚樱面上依旧一片淡然，仿佛无任何惧意。

随着时间一点一点流逝，在此守望的鬣狗已然失去耐心，就在第一只鬣狗即将扑上来之际，晚樱赫然从怀中掏出支翠绿的小竹笛。

一连串音调古怪的笛音行云流水般从她唇畔散溢，像双无形的手，牢牢禁锢住狂暴的鬣狗，它们在听到笛音的一刹那，原本凶狠至极的表情骤然变得呆滞，动作也有所停缓，在笛音的操控下离晚樱越来越远，动作整齐划一，仿似受过专业训练。

鬣狗们的嘶吼声已然完全消散，寂静的夜里只余那古怪的笛音在飘荡，时而激昂时而哀怨缠绵，其间又夹杂着几道尖厉的破音，一阵一阵揪着人心。

笛声越飘越远，数十里开外举着火把搜捕的追兵听到这个旋律俱是一愣，像是着了魔一般地朝那笛音传来之处聚拢，短短半盏茶的工夫就已逼近，迎接他们的却是一群饿红了眼的鬣狗。

这注定是个不平静的夜，漫天火光与鲜血交织，一路厮杀至天明……

当天边第一缕晨光钻破云层，晚樱那诡异至极的笛声终于完全消散，荒凉的草地上堆积起一具具血肉模糊的尸骸，在阳光的照射下，触目惊心。

十四个活下来的候选者几乎人人都有一门秘术，叶蔓是使毒，余悠弦是摄魂术，晚樱则是音蛊之术，能在一夕间以笛音控制上百傀儡。这秘术威力堪称最强，反噬自然也不小，笛声方停歇，晚樱便觉气血不断地在她胸腔翻涌，仿佛五脏六腑都被搅作一团，她只觉喉头一甜，便"哇"的一声呕出大摊鲜血。

她没发现的是，在她晕倒之际，瘫倒在地的苏寒樱赫然从地上爬了起来，单手支颐，似笑非笑地望着她。

六、她该明白，有些东西是她穷其一生都无法得到的。

晚樱再度醒来的时候发现自己正躺在一个陈旧的木屋里，若有似无的药香在鼻尖萦绕，染着馨香的风徐徐吹入木屋，风铃叮当作响，眺目望向窗外，是连绵望不到尽头的殷红花海，一路延续到天际，仿佛要烧红整片苍穹。

晚樱脑子犹自混沌着，身后赫然传来个醇厚如美酒的声音："醒了？"

是苏寒樱，他今日穿了件月白的长衫，袖口与衣襟上分别绣了枝半开的红莲。明明是一身素雅至极的衣衫，穿在他身上却有种说不出的风情，普天之下能将一身白衣穿得如此之风骚的恐怕也就他一人了。

见晚樱不说话，苏寒樱又笑着凑近了些，直视晚樱的眼睛，调侃道："莫不是一觉醒来就傻了？"

他说这话的时候，晚樱眼睛里才有了一丝神采，睁大眼睛仔细打量他一番，半晌才皱眉道："你竟然就好了？"声音中有着不加掩饰的惊讶。她虽不知自己究竟睡了多久，可不管怎样，以苏寒樱当时的情况来看，他都不可能这么快就恢复，即便他是传闻中活死人生白骨的浮生岛岛主也一样。

苏寒樱微微挑眉："听你这语气竟是不希望我好？"他那双波光潋滟的桃花眼一眨不眨地盯着晚樱，忽而态度又变得暧昧至极，连声音都刻意压低几分，变得慵懒且沙哑，"又或者说，你其实是在关心我？"

他笑容一点一点绽开，像锁定住猎物的豹般步步逼近，晚樱僵着脸一路后退，脑袋却"砰"的一声撞在窗框上，让人听了就觉脑仁疼的撞击声与风铃声交织在一起回荡，随风飘散到很远很远的地方。

那一刹那，晚樱疼得眼泪都要冒出来了。她尚未来得及伸手去触碰脑袋，就有一只大手抢先替她揉了揉，末了还不忘笑着数落她："啧啧，从前我竟没发现你这么笨。"

晚樱被苏寒樱唠叨惯了，也深知自己说不赢他，索性不去反驳，任由他念叨着。

苏寒樱却是个不甘寂寞的人，见晚樱木着脸不说话，他嘴角一勾，露出个不怀好意的笑，尚未开口说话，晚樱就有所警觉，一脸戒备地盯着他，冷声道："你又要干什么？"

苏寒樱满脸委屈，左手捂胸，哀怨又彷徨地道："你竟用这种眼神看着我。"

晚樱面色不变，眼中嫌弃的神色更甚："你何时才能正经点？"

"我怎么就不正经了？"苏寒樱右手仍在替晚樱揉后脑勺上的包，左手已然挑起晚樱的下巴，目光骤然变深沉，直勾勾地盯着她的眼睛，"若是这样呢？"

晚樱终于受不了他变戏法似的把脸换来换去，一脚将他踹翻在地，掷地有声地吐出两个字："有病。"

苏寒樱捂着肚子在地上哀号："天底下哪有你这样的姐姐。"

晚樱侧目冷笑："我若真有你这样的弟弟，早就把你掐死在摇篮里以绝后患。"

苏寒樱仰天长叹："世风日下人心不古啊，这年头，当姐姐的都不疼弟弟了。"

晚樱受伤颇重，即便有苏寒樱守在身边，恢复起来也需要一定时日。反观苏寒樱，当初明明受伤比晚樱还重，而今却活蹦乱跳，丝毫不像受过重伤的样子。

晚樱心中有疑问，三番五次去询问，苏寒樱也都打着哈哈，不着痕迹地拉开话题，久而久之，她也懒得去问，又将重心放到解药之上。

"什么解药？"苏寒樱一脸疑惑，神态不似佯装。

晚樱抬眸扫他一眼，才道："当口我在船上所服之毒的解药。"

苏寒樱恍然大悟："原来你是指那个……"说到一半，却未继续说下去，又是一副吊儿郎当的模样，"既然都给你喂了毒，哪有这么容易就解了。"眼中有一丝促狭的光闪过，他笑得不怀好意，又黏糊糊凑近几步，"要不，你亲亲我，兴许亲了我一口，那毒就解啦。"

晚樱虽早就习惯被他调戏，但还是忍不住朝他送去一记眼角飞刀，末了，还附赠两声冷笑："呵呵！"

此后有着一瞬间的沉默，苏寒樱维持这个姿势盯着晚樱看了许久,半晌,才敛去面上所有玩笑之意,颇有些正经地对她道:"可想出去走走?"

苏寒樱此人在晚樱心中就不是个正经的存在,加之她尚未摆脱上次的阴影,再次看到苏寒樱这副模样,晚樱忍不住去猜想,他这次又要折腾出什么幺蛾子。

盯着苏寒樱看了片刻,晚樱终于点了点头。

猜想归猜想,她已在这木屋里足不出户地闷了好几日,再不出去晒晒,怕是该发霉了。

而今尚是寒冬十二月,晚樱只披了薄薄的大袖衫站在屋外,却未感受到一丝凉意,甚至那迎面吹来的风都带着丝丝暖意,仿佛已入暖春。

晚樱心中震惊,面上也流露出几分惊愕,苏寒樱留意到她面上神情,故而弯唇一笑,轻声与她道:"此处位于火山山鞍,曾是个埋葬了数万具尸骨的战场,正因有了那些尸骨做养料,此处的曼珠沙华才能开得这般艳丽。"

晚樱微微皱起了眉:"所以——"

苏寒樱朝晚樱眨眨眼:"所以我想邀你去泡温泉。"

转折来得太突然,晚樱愣了许久,方才反应过来,苏寒樱不仅耍了她，还妄图顺势调戏她。

她咧嘴森冷一笑，话尚未说出口，苏寒樱又抢着道："啧，一看你这眼神就知道定是想歪了。"

晚樱以冷笑对之，也不言语，任由他说下去。

他却似笑非笑望着晚樱，打死不再说一个字，非要把晚樱带到那处温泉口才肯接着说下去。

晚樱顺着他的意，换上一双两齿木屐，"啪嗒啪嗒"地跟在苏寒樱身后走。

顺着青竹搭建的长廊一路向前走，不过半盏茶工夫，晚樱便看到一口半掩在翠竹里、冒着氤氲热气的温泉。

除却周遭景色比一般温泉美，并无任何独特之处。

晚樱微挑眉，苏寒樱即刻接话："再走近些。"

晚樱闻言又往前走了几步，热气霎时迎面扑来，那温泉里的水竟然是红的，却非血红，而是近似透明的绯红，又有萦绕其上的雾气做映衬，瞧着颇有些赏心悦目。

苏寒樱的声音从翠竹外传来，字字清晰："你受的是内伤，需温养，这口泉有奇效。"竟真的只是单纯让她泡温泉。

晚樱想再说话，翠竹外似有一阵风刮过，往后再无声息。

晚樱试着唤了声苏寒樱，回复她的却只有轻风扫翠竹的"沙沙"声。

他竟不说一声就跑了。

晚樱盯着那口温泉看了半晌，终是叹了口气，褪尽衣衫踩入温泉里。

泡完温泉，天已彻底变暗，仅剩的几缕残阳落在晚樱身上，她趿着两齿木屐一路"噔噔噔"走来，终是散尽所有天光。

窗格上风铃声悠扬，望不到尽头的曼珠沙华花田里人影怅惘，苏寒樱身上仍旧是那袭扎眼的白衣，立在迂回竹廊上的晚樱却无端觉得，他身上发生了某些变化，就像一颗本在阳光下熠熠生辉的琉璃珠瞬间退去所有耀眼的光，化作一颗光华内敛的东海明珠。

毋庸置疑，后者更具俘获人心的魅力。

心脏跳动的速度无端变得极快，"怦怦怦怦"仿佛再快些就能冲出胸腔！

她勒令自己收回视线。

她该明白，有些东西是她穷其一生都无法得到的，放任自己去奢想，无异于饮鸩止渴。

一瞬间的宁静后，木屐声再度响起，与竹桥相叩击的清脆之音漾在夜风中散去。

苏寒樱仿佛被这声音拉回了神思，微微侧目，嘴角带笑地望着晚樱所在的方向。

猝不及防被苏寒樱这般看着，晚樱先是身子一僵，随后才加快步伐，匆匆往木屋里赶。走进木屋的前一刻她才发觉，苏寒樱手中正捧着一幅画卷，距离太远，她看不清上面究竟画了什么，只能看到一个大致的轮廓，好像是个站立在花丛间的女子。

晚樱进屋不久，苏寒樱亦卷起画卷，径直走了进来，并未开口与晚樱说话，那份流露于表面的忧愁也未来得及收去。

晚樱假装不在意，眼睛却一直在他身上流转，目睹他将画卷收起来的整个过程。直至苏寒樱起身，她才赫然收回视线，假装盯着桌上的饭菜发呆。

对于这些天一直啃着肉干和馒头的晚樱而言，三菜一汤堪称奢侈。

此处当真是人迹罕至的深山老林，除却苏寒樱与晚樱，再寻不到第三个人。即便是用脚指头去想，也能猜到桌上那色香味俱全的饭菜出自苏寒樱之手，只是，出于对此人的了解，晚樱一时间还真不敢动筷子，生怕自己旧伤未愈又给吃出什么新的毛病。

像是未察觉晚樱的犹豫一般，苏寒樱自顾自地坐了下来，先给晚樱盛了一碗汤，又给自己舀了几瓢。

汤是鲫鱼萝卜汤，浓郁奶白的汤里沉着几块滑如凝脂的鱼肉，细碎的葱花漂浮其上，将整碗汤点缀得越发白皙可口。

苏寒樱捧着碗率先喝了一小口，微微眯着狭长的眼，像是在回味鱼汤的滋味："很多年没做了，手艺有些生疏。"

亲眼见苏寒樱喝了近半碗汤，晚樱方才端起汤碗，舀上一汤匙送进嘴里。

鲜美的鱼汤霎时在口腔里蔓延开，晚樱不可思议地睁大了眼，不敢相信苏寒樱竟有如此手艺，一时间惊得说不出话来。

苏寒樱将她的表情收入眼底，心中正得意，偏生又要忍着，不想表露出来，如此一来，他那表情就莫名变得有些古怪。

晚樱一眼就将其看破，也不说话，只捧着汤碗慢慢喝。

苏寒樱憋得受不了，偷偷瞥了晚樱一眼，颇有些忐忑地问道"味道如何？"

晚樱绞断一截鱼肉送入嘴中细细咀嚼，轻描淡写道了句："尚可入腹。"

苏寒樱顿时泄了气，又不能被晚樱看破，赶紧转移个话题："我倒是好奇你找浮生岛岛主作甚。"

晚樱动作一缓，神色不变："拜师学艺。"

苏寒樱险些被呛到，捂着胸口咳了好几声，方才正了正神色，煞有介事地道："女弟子本座只收怀柔那种，"尾音一转，又挑着眉，像是自言自语般补充了句,"太美了若是把持不住,又酿出一场不伦之恋那可就完了。"

晚樱面上波澜不惊,心中已然掀起惊天骇浪,她敏锐地捕捉到了这个"又"字,猜测着,以前大概是发生过类似的事,否则他何必用"又"字。

晚樱并无要打破砂锅问到底的意思,苏寒樱却多此一举地与她解释着:"莫要想歪了,我这辈子也就收了两个正式弟子。"

晚樱听了这话立即挑眉:"哦?你的意思是还有非正式的?"

"当然。"苏寒樱笑笑,目光飘往很远的地方,"那是个苦命的孩子,如今正在楚国,他……没有名字,认识的人都唤他'影'。"

晚樱莫名觉得不安,半是玩笑半是猜测地道了句:"我觉得你像是在交代后事。"

苏寒樱一脸无辜地摸摸脸:"我看起来像是快死的样子?"

七、解药以及你在桃花杀所接到的任务都会落空。

"那大概离死不远了。"意味不明地撂下这么一句话,晚樱再次缄默不语,低头小口小口地吃着菜。

烛火在不断跳跃,晚樱玉白的脸一半光明,一半浸在黑暗里,苏寒樱已然停下手中动作,静静端详着她那晕上斑驳光影的脸,仿佛陷入沉思。

他那眼神过于坦荡,不带一丝遮掩,晚樱都被他盯得不自在,几乎是下意识地搁下碗,她轻咳一声,状似无意地道了句:"你这屋里只有一张床,我乏了。"

言下之意是要赶苏寒樱走。

苏寒樱没了先前那股黏人的劲儿,自觉地把晚樱吃剩的碗碟摞在一起,表情淡淡的,连声音里也听不出一丝情绪:"你好好歇息。"

晚樱翻来覆去一整晚都未睡着,脑中不断回想起苏寒樱今夜的异常之处,她又不由自主地想到那幅被苏寒樱放置在木盒里的画,到最后竟是怎么也睡不着了。

她索性从床上爬起,就着烛光翻出那个雕刻着莲纹的长形木盒。

随着画卷一点一点地展开,晚樱终于看到画中女子的全貌,那是个堪称冷若冰霜的美人,素白的衣,随意束在脑后的发,身下是连绵到天际的血色曼珠沙华。

一眼看过去晚樱只觉熟悉,不仅仅是那片花田,更让她觉得眼熟的是画中美人的神态,真真是像极了自己……

意识到这点的时候,晚樱心头猛地一跳,似有让她不愿去深究的答案呼之欲出。

就在这千钧一发之际，门外忽而传来一阵细碎脚步声，晚樱来不及多想，当下便吹灭烛火，将画卷好塞进木盒，蹑手蹑脚地爬回床上去。

柔软的月光随着夜风一同涌入木屋，窗格上风铃叮当作响，晚樱气息绵长，俨然一副熟睡的模样。

谁在对月长叹？

清浅月光勾勒出那人略显女气的眉眼，却在眉骨处骤然收紧，大刀阔斧劈出个惊心动魄的弧度，一路延续至鼻尖，顷刻间将那过于阴柔的轮廓化作英挺俊颜。

明灭的烛光让他的脸时而光明，时而陷入黑暗里。

晚樱听见他的脚步声在逼近，略显粗糙的指腹轻轻滑过她的脸颊，从颧骨一路蜿蜒至下颌骨，每经过一处，她心中便漾起一阵涟漪，一波未平，一波又起，恰似春风拂水。

那过于修长的手指在晚樱下颌停留了足足两秒，复又像被火灼烧到一般缩回，又是一声极轻的叹息传来，袅袅轻烟自那人手中所捧的沉香炉中升起，烛火"噗"的一声熄灭，混着沉香的夜风袭来，那人踏着一地破碎月光离去。

那是可助眠安神的沉香，晚樱却昏昏沉沉睡着，做了个古怪的梦。

梦中她真成了苏寒樱的徒弟，两人由此展开一段不伦之恋，最终却以苏寒樱翻脸不认人收尾，一把将她推入熬制猪油的大铁锅里，面目狰狞，两手叉腰呈圆规状："傻女人，我只想把你炒着吃罢了！"

晚樱被那噩梦惊出一身冷汗，再次醒来天已透亮。

木屋外有株古老的合欢树，暖金色的阳光在茂密枝叶间穿梭，透过窗格，丝丝缕缕洒落在晚樱尚有些迷惘的脸庞上。

桂圆红枣粥的香甜之气不断在空气中沉浮，在阳光的照耀之下冒着腾腾热气。

晚樱腹中已空，甫一闻到那香味，肚子就不争气地响起，她却无一丝食欲，那口油烟滚滚的大铁锅仍在她脑中萦绕，像深深烙在脑子一般挥之不去。

苏寒樱一进门就瞧见晚樱目光呆滞地坐在床上发愣，不由得掀唇一笑："莫不是睡傻了？"

晚樱像是仍未回过神，苏寒樱将托盘上的两碟小菜端至桌上，正欲走过去逗逗晚樱，她却猛地从床上弹起，径直走了过来，依旧板着一张脸，面无表情地低头喝粥。

苏寒樱一脸莫名，不知自己何时又招惹了她，也不再说话，识相地低头喝着粥。

兴许是这气氛过于诡异，苏寒樱偷偷打量晚樱一番，却见她神态严肃，稳如磐石端坐在竹椅之上，俨然一副铁面无私青天大老爷的姿态。

苏寒樱草草看了一眼，在晚樱目光扫来之际连忙收回视线，满腹疑惑地继续低头喝粥。

晚樱却未就此收回视线，苏寒樱只觉毛骨悚然，又觉得脸上无光，他都这么一大把年纪了，竟还被这种黄毛小丫头给吓到，当下轻咳一声，迎上晚樱"炙热"的眼神，嘴角一翘，勾出个玩世不恭的笑："你猜我多大？"

他这话问得奇怪，晚樱一脸莫名，只顾着去思考他说这话的用意，哪还顾得上那口熬制猪油的大铁锅。

就在此时，苏寒樱又冷不丁道了句："待你伤好了，咱们再去趟寒域宫。"

晚樱简直瞠目结舌，这话锋未免转得忒快，那口锅乃至那个梦齐齐被抛向九霄云外。

晚樱并未直接拒绝，亦未即刻表示赞同，拧眉沉思许久，她终于说出今日里的第一句话："我为何非得陪你一同去？"这的确是个困扰她多时的疑问，她根本派不上任何用处，他却执意要将她带在身边，明明找不到任何理由，还这般理直气壮。

说这话的时候，她一直盯着苏寒樱的眼睛，仿佛要将他看透。

在她的注视下，苏寒樱面上笑意寸寸收紧，所说话语更是意味不明："大概是终于找回那种熟悉的感觉了吧。"

若不是凑巧偷看了那幅画，晚樱怕是想破脑袋都猜不透他究竟在说什么，她声音很冷很淡，有着毋庸置疑的镇定："你所说的熟悉感是与那画上的女子有关。"

是笃定的陈述句，而非询问。

苏寒樱表情不变，丝毫不感到意外："你果然偷看了。"

晚樱反倒一脸愕然，声音里尚有些不确定："你故意放那儿给我偷看？"

苏寒樱不予理会，自说自话："她是我师父。"

看似毫无逻辑的一句话，实际上是在解答晚樱今日里所问的第一个问题。

晚樱瞬间明了，却不曾意识到，自己面上流露出一丝自嘲："你所谓的熟悉感是指我与你师父神态相像？"顿了顿，又继续问道，"你昨日所谓的又酿出一场不伦之恋亦是指你与你师父？"

苏寒樱忍不住弯了弯嘴角，夸赞之话还未溢出唇畔，晚樱又微微冷笑："我若不愿去呢？"

"哦。"苏寒樱浮在嘴角的那丝笑意终究没机会绽开，不过一瞬之间，他面上就已覆上一层寒霜，声音是透彻心扉的凉，"解药以及你在桃花杀所接到的任务都会落空。"

晚樱如遭雷击,呆若木鸡地愣在当场,许久才找回自己的声音:"你何时发现的?"

苏寒樱面上寒意于顷刻之间退却,漫不经心地拨动着漂浮在碗里的桂圆,声音平静得像是在谈论今日的天气:"我曾在桃花杀见过你不止一面,还有……"说到此处他刻意拖长了尾音,"这一单是我自己下的。"

晚樱再也无法镇定,她一脸不敢置信:"你买凶杀自己?"随后一想又觉不对,"你是如何在桃花杀下单的?"桃花杀本就是个隐秘至极的组织,只为楚国王室做事。

也只是一时间的失控,片刻以后晚樱再度恢复冷静,等待苏寒樱的回复,却听他道:"我本就是楚国王室之人,更何况,当年我曾救过荼罗一命。"

这个答案有些出人意料,仔细想想,又在情理之中,于是晚樱不再纠结这个,又问苏寒樱:"你刻意接近我,一路将我引至此地,是确信我杀不了你?可我依旧不明白,你这么做,究竟有何用意?"

"不。"苏寒樱定定望着晚樱,"并非确信你杀不了我,而是为了成就你。"

晚樱越发不懂。

苏寒樱忽而一笑，璨若朝华："正如茶罗所说，这是展现你实力的绝佳机会，你本该成为桃花杀的下任圣主。"

晚樱仍是不信："你做这么多究竟是为了什么？"

"不为什么，"他终于玩够了那颗桂圆，一把舀起，送入晚樱嘴里，"就当你运气好，命中有我这个贵人。"

八、你是徒儿的天，是徒儿的地，是徒儿的唯一，可你为何总要抛弃徒儿？

这番潜入寒域宫，苏寒樱易容成了个脸上有几点雀斑的美貌少女，晚樱则被他扮成另外一个模样。

与上次一样，那挑选侍女的管事不过匆匆看了一眼，晚樱与苏寒樱皆被留了下来。幸运的是，这次晚樱并未被那矮胖管事挑去施怀柔哪儿，和苏寒樱一同分配给陌玉。

这是晚樱第一次来陌玉的住处，一眼望过去是几乎要遮蔽天日的苍劲梅林，在晚樱目之所及的尽头隐隐露出巍峨宫殿的一角，却见飞翘的屋檐上，七彩琉璃瓦正散着璀璨光芒。

晚樱不禁叹息，这排场竟比桃花杀圣主的阿弥宫还大。

苏寒樱贴在她耳旁轻笑："这本是我的住处，如今被那小子鸠占鹊巢。"

晚樱瞬间明了，不禁露出鄙夷之色："你这师父当得忒窝囊。"

苏寒樱不以为然，又道："他既然喜欢这地方，就让他住着好了。"

晚樱虽不知苏寒樱与陌玉间究竟有何纠葛，却无端觉得，他不像那种被自己徒儿逼得连府邸都丢了的人，如今亲耳听他这么一说，越发肯定心中所想，只是更加不明白他这般做的目的。

晚樱与苏寒樱的差事甚是轻松，晚樱刚把手中活计做完，苏寒樱又贼头贼脑地冒了出来，朝她眨眨眼，一脸神秘："走，带你去偷样东西。"

晚樱脑袋里冒出的第一样东西便是那只糯米团子似的小狗。当苏寒樱带着她七拐八绕，拐到一个甚是偏僻的院落里，看到那只四肢大敞、一动不动趴在地上晒太阳的小狗阿白时，晚樱忍不住露出了果然如此的表情。

她斟酌一番，才问："我是真不明白，你对这狗为何如此执着？"即便是不畏百毒能够寻药，也不值得苏寒樱如此大费周章。

苏寒樱对晚樱所说之话充耳不闻，反倒是那一脸惬意晒着太阳的阿白有所反应，一脸警惕地从地上爬起，发觉所来之人是苏寒樱，欢快地摇着尾巴，迈着小短腿一路冲来，而后似又回想起苏寒樱先前对它所做之事，跑到一半又转身，"呜呜"叫着退回去。

苏寒樱动作迅如闪电，晚樱甚至都未看清他的动作，只觉身边有阵风刮过,他已掠至数十米开外,正捧着"呜呜"乱叫的阿白。

"你这小东西竟还记仇!"苏寒樱在阿白汤圆似的圆脑袋上敲了敲,"和怀柔那臭丫头一样,都是忘恩负义的小东西。"

晚樱向来敏感,这看似简单的话语又让她捕捉到一个讯息。

为何他说施怀柔忘恩负义,鸠占鹊巢之人分明是陌玉,造反之人也当是陌玉才对,他却对此表现出一种理所应当的态度,仿佛在他看来,陌玉这么做根本算不上背叛。

晚樱来不及多想,苏寒樱已然抱着阿白,拉住她的手臂要往院外走。

晚樱以为,偷到阿白苏寒樱就会带她离开寒域宫,他却不按常理出牌,一路牵着她在梅花林中乱晃。

这里种的梅花品种繁多,其中以绿萼梅最常见,一路在花间穿行,冷香扑鼻。

看似毫无目的地跟着苏寒樱走了近三里路,晚樱终于在一片绰约花影中看到两道模糊的人影,又走近了些,晚樱才发现那两道人影分别是陌玉和施怀柔。

晚樱下意识地抬头看了苏寒樱一眼,却见他眼中波澜不惊,倒像是刻意来此寻这二人的。

晚樱只瞧了他一眼就收回视线,梅花树那头无比清晰地传来施怀柔的声音："师兄,今日我给你炖了鹿肉汤,莫要放久了,趁热喝。"

晚樱嘴角抽了抽,兴许是那两日对她造成的阴影太深,她竟无端联想出施怀柔扛着大刀追杀幼鹿的画面。

苏寒樱握着她的手突然一紧,迫使她从想象中抽回心神,两人就这般分花拂柳地走入陌玉及施怀柔视线。

粉白的绿萼梅纷纷扬扬落了一地,坐在石凳上的陌玉及施怀柔皆停下手中动作,面露疑惑地望着那突然从梅花林里钻出来的二人。

陌玉眼神在苏寒樱身上流转几圈,许久以后,才拧眉道:"师父?"

"唔,不愧是我的乖徒儿。"苏寒樱一脸欣慰,"无论为师扮成什么模样你总能一眼就认出。"

苏寒樱话音刚落,施怀柔就搁下手中瓷碗,一把抄起靠放在石桌上的阔背大刀,冲着苏寒樱大声咆哮:"你这老不死的竟还有脸出现!"

"闭嘴!"看似温文的陌玉竟会开口怒斥施怀柔,声音冰冷,仿佛顷刻间就能将人全身血液冻结住。

施怀柔全身一震,握住大刀的手紧了紧,最终还是不甘心地将其放了回去。

"啧啧！"苏寒樱以手捂胸，一副痛心疾首的模样，"我这是造的什么孽哟，竟教出了个这么不懂尊师重道的弟子。"

晚樱默默无语地瞥了苏寒樱一眼，他这表情未免过于浮夸。

原本缄默不语的施怀柔不禁嗤笑一声："对你这种人又何须尊？"

陌玉神色再次冷却，施怀柔本欲再说话，陌玉冰冷的声音又传了出来："出去！"

是对施怀柔说，而非苏寒樱。

施怀柔一怔，苏寒樱趁这个空当又插了句话："唔，你这丫头着实聒噪，是该出去。"

施怀柔甚至都未反应过来，便有一阵劲风袭来，推得她一路退至几十米开外。

晚樱第一次发觉苏寒樱如此厉害，不禁骇然。

苏寒樱见她面有惊骇之色，又贴在她耳畔笑道："怎么，才发觉我有这般能耐？"

晚樱不知该以怎样的话来反驳，只微微掀动眼皮，送他一记白眼。

苏寒樱爽朗一笑，又伸出一只手，牵着她往陌玉所在的方向走去。

陌玉面上一派平静，一双修长有力的手却紧握成拳，并且不断在颤抖，像是在竭力克制自己的情绪，半晌，他低垂着的眼睫终于被掀起，露出他暖玉般的眼眸："师父终于舍得来看徒儿了。"

苏寒樱难得露出慌张的神色，虽然那一丝慌乱如流星般一闪而过，却还是没能逃过晚樱的眼睛。

一瞬间的慌张之后，苏寒樱再度恢复平静，他只静静望着陌玉，并不说话。

"师父若是再不来，恐怕这座寒域宫都要被徒儿毁了。"说到此处，陌玉又自嘲一笑，"我竟是忘了，师父什么也不在乎，即便我真将寒域宫给毁了，师父怕是连眉头都不会皱一下。"

苏寒樱神色终于有了变化。

陌玉面上笑意寸寸收紧，他起身伏在石桌上，一点一点逼近苏寒樱，二人鼻尖仅隔了两指的距离，甚至都能感受到对方温热的呼吸。

陌玉眼睛里有着毁灭一切的恨意："师父为何不说话？莫非不想知道徒儿近些日子过得好不好？"

说这话的时候，他的鼻子甚至触到了苏寒樱的鼻尖。

一旁静静观看着的晚樱心中莫名涌出异样的感觉，做徒儿的岂会对师父这样……简直……简直就像……

她犹自在脑中搜索着合适的形容词，陌玉已然淡笑着坐回自己的位置，却未就此罢休。

布匹撕裂的声音传来，繁花在枝头轻晃，偶有几瓣粉白的梅花剥离枝头，轻轻落在陌玉消瘦的肩上。

与他那堪称美玉无瑕的脸相比较，他的身体可谓之丑陋，不，即便是丑陋都不足以形容呈现在晚樱眼前的东西。

她甚至不知道，眼前这个男子究竟能不能被称之为人。

褪尽衣物才发觉，他的身体竟这般瘦骨嶙峋，骨肉分明，肩胛骨和肋骨根根突起，就像是在骨架外套了一层薄薄的人皮，隐隐还能看见那层薄皮之下有什么东西在游走。

晚樱只觉胃中一阵翻涌，陌玉却在此时弯唇一笑："师父，你看，它们都活在徒儿身体里。"

随着他话音的落下，无数根嫩绿的藤蔓倏然钻出他那层薄弱的皮，如蛇一般在在身上舞动，甚至还有一根藤蔓赫然开出一朵碗口大的花，在暖冬的微风里慢慢舒展开它殷红的花瓣。

晚樱已经忍不住去捂住嘴，竭力克制住自己。

整个过程苏寒樱都未张嘴说过一句话，只垂着眼睑，静坐在那里。

陌玉面上笑意渐渐散去，声音冷冽如寒冰碾玉："你是徒儿的天，是徒儿的地,是徒儿的唯一,可你为何总要抛弃徒儿?"

是谁在记忆里哭泣?一声又一声,喑哑不成调。

"师父救我!救我!"

那凄厉的哭音不断在苏寒樱耳旁响起,他却眼睁睁看着那少年被人种上这种东西。

"一年抽出一根藤,十五年内吸干宿主身体,依师弟所看,此物妙不妙?"

黑暗中又是谁在说话,嚣张狂妄。

"师兄未免忒看得起这孩子,与师父所留下的鲛珠相比,他什么也不是!"

"师父你听!"陌玉的声音突然拉回苏寒樱飘飞的思绪,"你听呀,它们在啃食徒儿的身体。"

长风拂过梅林,繁花摇曳,与陌玉身体一同发出"沙沙"声响,就像寂静黑夜里桑蚕啃食桑叶的声音。

苏寒樱嘴唇微微扇动,终于开口:"为师愿意交出那样东西换你性命。"

陌玉一愣,苏寒樱又继续道:"为师今日来找你正是为了此事。"

"嗬!"陌玉笑容里没有一丝温度,连同注视苏寒樱的眼神也都是冷的,"你愿为徒儿舍弃长生?"

听到这话,晚樱心头猛地一震。

数十年前有鲛珠现世,掀起一阵腥风血雨,后来那药却如同石沉大海,再无音讯。

晚樱不知苏寒樱与此物是否有关联,只隐隐觉得八九不离十。千百年来,想求长生之人多如过江之鲫,却唯独在十年前传出过鲛珠现世的消息。晚樱虽不知,那所谓的鲛珠是否真有如此奇效,却将它与苏寒樱当日身受重伤而迅速恢复联系在一起,如果世上真有鲛珠,那物又恰恰在苏寒樱身上,那么,就能同时解开两个谜团了。

世上确有鲛珠,正因有鲛珠,苏寒樱才能在如此短的时间内恢复。

苏寒樱不愿与陌玉解释太多,只问:"你可愿再相信为师一次?与为师去趟即墨山。"

陌玉显然未料到苏寒樱会说出这话,待完全确认并非自己听错,他才垂着眼睑去思考这个问题的答案,半晌,才道:"徒儿需要准备哪些东西?"

苏寒樱启唇:"带上阿白,以及你自己。"

停顿片刻,他又转过头去,笑着与晚樱道了一句:"你很快便能明白,为何我说阿白是对我而言非常重要的东西。"

九、岩浆完全覆盖住他的时候，他想，他终究还是负了师父。

三日后，晚樱一行四人终于抵达即墨山山脚，本该是大雪飘飞的寒冬腊月，晚樱四人甫一靠近山脚，就热得直冒汗，万般无奈之下，大家只好脱掉厚重的冬衣，各自在山脚下的成衣铺买了薄春衫换上。

越是往山上爬，草木越茂盛，气温亦在不停变化，一路从春季过渡成夏季，甚至穿着薄春衫都热得全身流汗，甚至一路引着晚樱四人前进的阿白都热到走不动，死赖在地上吐着舌头。

苏寒樱又是威逼又是利诱才哄得它继续前进，然而它却像是没完没了似的不停往山顶爬。

当他们四人爬到半山腰，气温又开始缓慢下降，从夏季倒退成春季，甚至再由春季转换成冬季。

除却晚樱，在场之人都有内力护体，不至于冻到浑身发抖嘴唇发紫，只有晚樱一个人被冻得受不了。

苏寒樱见她走一步抖两下，只无奈叹了口气，长臂一捞就将她卷入怀里，索性抱着她前进。

陌玉神色不明地瞥了晚樱一眼，目光又落回苏寒樱身上，声音里辨不出情绪："师父，徒儿想知道，你究竟是男是女？"

陌玉这话问得突然，实际上却是在他心中盘绕十几年的疑问。

这十几年来苏寒樱一直在以不同的身份、不同的面孔出现在陌玉面前，有时是年轻男子，有时是俊秀少年，但大多数情况下是以女子的面貌出现在陌玉眼前的，长此以往，陌玉早就在心中默认师父是女子。

而今陌玉之所以会这般问，不过是因为苏寒樱对晚樱的态度着实不像一个女子所该表现出来的。

苏寒樱微微勾了勾嘴角，漾出清浅笑意："你如今看到的是什么便是什么。"

这一瞬间，陌玉只觉如遭雷击，他颤声道："你……"

结巴了半天却说不出个所以然，苏寒樱又笑着补上一刀："这是为师的真实容貌。"

轰！仿佛有无数道惊雷同时在耳旁炸开。

陌玉只觉脑袋一直嗡嗡作响，连同面色都瞬间惨白如纸。

窝在苏寒樱怀里的晚樱心中莫名有着不好的预感，却又不知究竟是因何而起，只隐隐觉得，苏寒樱选择在此时暴露自己定有古怪。

四人原本还会说上几句话，此事以后，再无人开口说话，一直持续到爬至山顶。

巍峨的山巅之上立着一株殷红雪莲，它的根茎极短，几乎是紧贴地面，花盘足有绣球大。

见到此花，原本被冻得半死不活的阿白，突然兴奋地直摇尾巴，不停发出急促的叫声。

苏寒樱顺了顺阿白背上的毛，盯着那朵花久久不语，所有人的目光都凝聚在他身上，只待他发话去摘花。

他却神色复杂地深吸一口气，半晌才道："就是它，业火红莲。"

虽无人知晓他摘业火红莲究竟有何用，他话音刚落下，陌玉与从头至尾都未说过一句话的施怀柔皆蠢蠢欲动，想冲上去摘那业火红莲。

"少安勿躁，再等等……"接下来的话尚在舌尖打转，施怀柔就已迫不及待地飞身掠去，手起刀落，业火红莲已入她手心。

四周有一瞬间的寂静，仿佛有冰雪崩裂的声音从极远的地方传来，地面突然也在微微抖动。

苏寒樱神色凝重，来不及与众人解释，只道了声："快走！"

他率先抱着晚樱转身撤退，已然猜测到将会发生何事的陌玉、施怀柔二人紧紧跟上。

捧着业火红莲的施怀柔追上苏寒樱，将其抛至苏寒樱手上，粗着嗓子道："花已摘到了！你要给师兄的东西在哪里？！"

她嗓门本就大，而今又与苏寒樱有一定的距离，说这话的时候几乎是用吼的。

冰雪崩裂的声音本算不上响,有了她这一嗓子,积在山顶的冰雪如雷鸣般轰隆隆碎裂,山体的震动越发剧烈,苏寒樱甚至都有些站不稳。

留给他的时间不多,他不愿与施怀柔纠缠,只想着定要尽快将晚樱送至安全的地方。

他前行的速度越来越快,晚樱只觉不断有狂风刮过自己脸颊,充斥在耳旁的是呼呼风啸声。

施怀柔以为苏寒樱要逃,一路提刀狂追,陌玉见状也连忙调整气息加速跟上。

苏寒樱的功力虽比施怀柔、陌玉都要深厚,怀中却抱着个晚樱,自然不及巅峰时期。

在此之前他本不知业火红莲是整座即墨山的灵脉,施怀柔一刀将其砍了,失去灵脉的即墨山岂不会崩塌?

快!一定要快!

苏寒樱再也顾忌不到别的东西,只想着不能让晚樱死在这里给他陪葬。

身后似有人在嘶吼,又似有破风声在背后响起。

"扑哧!"鲜红的血喷涌而出,在半空中划出一个惊心动魄的弧度，染红他半边身体。

"不！"又是一阵惊雷般的嘶吼声，凝聚在山顶的冰雪全然崩塌，犹如一波奔腾的海浪。

一个声音从后面传来："师父，你可信，徒儿愿意替你奉献一切，哪怕是生命……"

他听不清，灌入耳中的，只有响彻天际的雪崩声。

在他即将回头的一瞬间，残如破布般的陌玉体内冲出无数藤蔓，像是提前预知宿主即将死去，纷纷扎入施怀柔的身体。

回首只见无尽的冰雪从天而降，埋葬住陌玉与施怀柔不断坠落的身体。

"陌玉……"

他像是突然惊醒，连逃跑都已忘记，呆呆立在原地，那些尘封的记忆纷纷涌入脑海里。

溶溶月光下是谁在说话？

"我是你的师父，你这一生都得爱我敬我，不可以忤逆我，不可以嫌弃我，不可以讨厌我……总之，师父说的都是对的，你都得照做。不然，为师可就不喜欢你了，会丢掉你，另外再去收个听话的乖徒弟。"

又是谁用一双稚嫩的小手抱着他大腿,哭得上气不接下气:"师父不要丢下陌玉,陌玉会乖乖的,会很听话。"

寒域宫中,是谁拿剑指着他脖颈:"师父,徒儿如此信任你,为何你却要将徒儿抛弃?长生当真如此重要?"

"师父——徒儿好疼,它们已经开始啃食徒儿的肝脏,好疼……真的好疼……救救我呀,师父——"

……

滔天雪浪翻涌而来,整座即墨山都在震动,仿佛地底有蛰伏千万年的巨兽即将苏醒,却听山顶传来"轰"的一声巨响。火山灰直冲云霄,浓黑的烟幕四处散溢,通红的岩石被推至高空又疾速落下,在虚空中留下千万道火红的划痕,暗红色岩浆如奔腾的千军万马滚滚而来,不过须臾,就有热浪席卷而来!

呆立原地的苏寒樱终于收回心神,一切来得太突然,他躲避不及,只能用尽全身力气将晚樱推出去。

缩在苏寒樱怀里的晚樱只觉唇上一暖,再往后整个人就已被抛至半空,翻滚着落入蓬松的雪堆里。

脑袋里似仍在回响着苏寒樱的声音:"根本就不存在所谓的解药,好好活下去!"

他完全感觉不到痛，即便有炙热的岩浆溅落在他皮肤上，他都感受不到一丝疼痛。

怀中的业火红莲在岩浆的炙烤下蜷缩着娇嫩的花瓣，即将凋零。

他一片一片撕下业火红莲卷成一团的花瓣，纷纷塞入自己嘴里。

师父当年所说的话一遍又一遍在脑海中响起："从此以后世间再无能杀你之物，除却业火红莲，只有它能让鲛珠脱离你的身体。"

他长身立在翻滚的岩浆里，喃喃自语，像是在与自己说话，又像是在与已被冰雪所覆盖的陌玉解释："师父也想救你，你看，师父只有这样才能取出鲛珠呀……可是，你不在了。"

他的身体开始散出淡金色的光芒，一颗金光灿灿的浑圆之物自他口中飞出，久违的痛觉终于归附他的身体。

终于不用再这般恶心地活着，为何他会觉得舍不得……明明只是因为她与师父神态相像，才将她拐来送自己最后一程，为何脑海里总是忍不住浮现出她的身影？

她在漫天黄沙里，她在皑皑白雪里，她在开满曼珠沙华的花田里……

岩浆完全覆盖住他的时候，他想，他终究还是负了师父。

啜泣声渐起，胖丫头忍不住捂着脸嘤嘤哭泣，连手中咬去一半的樱花饼"啪嗒"一声落地也全然不顾，只睁大一双波光粼粼的眼晴问晚樱:"浮生岛岛主真的死了吗?"

晚樱尚未来得及回复,又有一个孩子红着眼眶问:"故事就此结束了吗?"

"不,并没有。"晚樱的声音再度响起。

孩子们皆忘记了哭泣,眼睛一眨不眨地盯着晚樱,那糯米团子似的小狗趁机叼走胖丫头落在地上的半个樱花饼。

忽而一阵风拂过,攒在枝头的梨花纷纷落下,无端落了晚樱满头繁花,她捻起黑发上的白花,轻轻吹去,声音与剔透的梨花瓣一同散开。

"故事并未结束,她不信浮生岛岛主就此葬身火海,一直在即墨山的小木屋里等待,直至两年后,桃花杀派遣优昙芳主过来……"

BISHIHUASHNEGXUE

· 卷 三 ·

优昙

一、铃儿声一路"叮当"作响,飞散在初晨的缕缕清风里,仿佛可以回到那不曾离散的时光。

月光如水洒落在陈旧的地板上,阿白吃完盆里的肉,又仰头巴巴望着。

晚樱颇有些无奈,搁下筷子,揉了揉阿白浑圆的脑袋,耐着性子劝诱:"你已经吃掉三盆肉了,再吃下去可就得胖成猪了。"

阿白坚持心中所想,丝毫不为所动,目光坚毅依旧,一双黑溜溜的眼睛直勾勾地盯着桌上美味佳肴。

山中无岁月。

晚樱不知自己究竟在这个山谷等了多久,她只知,云起云又落,自此再未见过他。

她似乎早已忘记,自己带来压制寒毒的赤霞丹已消耗殆尽,再不服用赤霞丹,她的五脏六腑皆会被冻成冰碴儿。

当她意识到这点之时,寒毒已然发作,此时明明已入夏,她却如坠冰窖,冻得牙齿都在打战,连一直仰头盯着她的阿白都发现了异常,焦躁不安地叫唤着。

"哐当"一声巨响,桌上碗碟皆被打翻,冷到失去理智的她赫然冲到床上去,用被子紧紧包裹住自己,努力蜷曲成小小一团,以求聚起丝丝暖意。

然而也并未起到作用,她再如何挣扎都是徒劳,带着凛冽寒意的疼痛就像冰针,一根一根地钉入毛孔里。

晚樱是被痛晕的。

再次醒来,人已在颠簸的马车上。

首先传入耳中的是阿白急促的叫唤声,而后,她又听到一个甚是耳熟的女声。

"醒了?"

熟稔的音色、声线却比记忆里的更显清冷，她稍有些不确定，勉力睁开眼，映入眼帘的，依旧是那张略带婴儿肥的娃娃脸。只是那人的眼神与过去相差甚远，这一刻，她甚至都生出了自己在与一条毒蛇对视的错觉。

有着片刻的失神，半晌过后，她才从嗓子里挤出一句话："悠弦……"余下的话尚未来得及说出口，就被那人强行打断。

"一入桃花杀再无过往事，我如今只是优昙，世上再无什么余悠弦。"

未曾料到她会说出这番话的晚樱突然不知该说些什么，优昙也未再说话，气氛莫名变得极其古怪，倒是阿白屁颠屁颠跑过来，在晚樱脸上蹭了蹭，发出"呜呜"的叫声。

晚樱原本紧绷着的神经瞬间放松，连优昙都选择在这时开口，眼中尽是不屑："你倒是越活越回去了，为了一个男子弄成这般境地！"

说出来的话是真不好听，却能让人明显地感受到，并无敌意。

晚樱听后却是心中一咯噔，连优昙都知此事，更何况是圣主荼罗。

瞧着晚樱面上的变化，优昙又微微勾起唇，声音里尽是讥诮："你且放心，那老妖婆对此事一无所知，只派我来浮生岛寻你回去。"说到此处，她又露出一个意味不明的笑，"不过你也别高兴得太早，即便不为此事责罚你，这般急着召你回去，也不会有任何好事，不是吗？"

三日后，赤染殿。

歪倒在太师椅上的茶罗神色不明，垂眸抚摸怀中的鸳鸯眼波斯猫。

晚樱沉得住气，一直跪到茶罗发话为止，半个时辰后，茶罗像是玩腻了怀里的猫，终于想起地上还跪了个人，微挑着眉，一副"我竟忘了你还跪着的"表情。

晚樱记不清自己究竟跪了多久，得到赦免起身之时，只觉两腿发麻，险些又要跪下去，茶罗再度挑眉，差人送来椅子给晚樱坐着，待晚樱坐稳了才悠悠道："你胆子倒是不小。"

晚樱心中直呼不妙，再三斟酌，才垂首低声道："晚樱知错。"

"知错？"茶罗眼儿眯起，勾出个让人心头发颤的慵懒尾音。

晚樱并不知晓茶罗究竟是说何事，不敢轻易接话，两人就这般僵持着，久久都无人再说话。

如今明明是炎热的夏季，殿内温度却突然降低至冰点，仿佛无端有冷风呼呼飘过。

率先打破沉寂的是茶罗，她终究是找晚樱有事，比不得晚樱，可以无休止地浪费时间。晚樱察觉到她看自己的目光稍稍柔和了些，少顷,又听她道:"你这个任务完成得很好,只是,有些事你须得明白,你并非不可替代。"

说到此处,荼罗刻意停顿几秒,细细打量晚樱面上的表情,瞧见晚樱面上无一丝波动,她当即换了个更为舒适的姿势,才接着道:"本座本非大度之人,奈何下次任务非你不可,就当上天注定,让本座再给你最后一个机会。"

听荼罗这么一说,晚樱倒越发不明白。

荼罗像是看透她的心思,也不说透,挑明了重要的话来说:"想必你也已知晓,上一个任务的雇主正是浮生岛岛主。"说到此处稍作停顿,瞥了晚樱一眼,她方才又道,"下一个任务的雇主依旧是他,他所指定的刺客仍是你,而你要做的则是去杀中原第一剑客,他的师兄——缪秦。"

听到这话的一刹那,晚樱只觉脑子有些转不过来,原本平静无澜的面容瞬息万变,她可以清楚地感觉到自己的身子在发抖。她不知自己究竟以这样的姿态盯着荼罗看了多久,她只知自己的嗓子无端变得又干又涩,连说话的声音都在微微颤抖:"他……还活着?"

荼罗并未立即回复,而是微微勾起唇,漾出一个在晚樱看来近乎怨毒的笑。半晌以后,她的声音才在这空荡荡的赤染殿内响起:"他若不死,你又怎能活着?"

即便是早就有所预知的死亡，亲耳听到这话从别人口中说出，晚樱还是忍不住身形一晃，那种酸酸麻麻的钝痛，从心口一路蔓延至全身。

她就像一尊被人抽去魂魄的木偶，呆呆立在光可鉴人的青金石地板上，连双眼都失去了焦距。

又是死一般的寂静。

茶罗像是耗尽了所有的耐心，不愿再与晚樱磨蹭下去，直接开口交代最重要的事："此次任务你与优昙一同去，事成，我再派任务给你。"语罢，不再看晚樱一眼，"没你的事了，出去。"

直至此时晚樱方才有了反应，即刻颔首应"喏"。

沉重的雕花木门打开又合上，茶罗眉眼低垂，逗弄着怀里的猫儿，教人看不穿她的情绪，立在身侧的女侍端来一杯玫瑰蜜水，毕恭毕敬地压低身子与她道："桔梗芳主尚在偏殿等您召见。"

听到桔梗二字，茶罗眉眼倏地染上凶煞之气，连那女侍手中的杯子都被打翻在地："不见。"

那女侍面色倒也平静，虽深知自家主子性子阴晴不定，可还是问了句："您可还打算继续扶植桔梗芳主？"

从头至尾茶罗都未抬过哪怕一次头，她的声音里亦不带一丝感情波动："就这点三脚猫功夫还想在本座面前演戏？戏演得再好，也掩藏不住她眼睛里的野心。"

　　女侍会意，不慌不忙捡起落了一地的碎片，声音中带着一丝微不可察的窃喜："奴婢明白了，您是想继续扶植晚樱芳主。"

　　荼罗不置可否，又换了个更为舒服的姿势，把她的小猫圈在怀里。

　　晚樱自赤染殿走出时，已近黄昏，太阳收敛起它所有的热度，仅剩些许余温，染红万顷白云。

　　她这一路走得十分缓慢，微微垂着脑袋，也不知在想什么事。

　　桃花杀十四位芳主的住处皆在南苑，晚樱的院子建得深，必须经过好几个人的院落才能回去。

　　途经叶蔓所住的忘川居时，她有意朝里边望了望，这一眼恰好看见满头华发的叶华依靠在叶蔓肩上赏夕阳。

　　她本不欲去打扰那姐妹二人，腿却像突然失去控制般地领着她走了进去。

　　而今正值繁花盛开的夏季，暗红的蔷薇绕着竹质围栏开了满园，馥郁的香气四处散溢，飘浮在盛夏燥热的空气里，闷热的夏天仿佛也没这么惹人嫌弃。

　　察觉有人在靠近，叶蔓悠悠收回视线，眼神定在晚樱的脸上，也不开口说话，只似笑非笑地望着她。

晚樱向来不善言辞，被叶蔓这般盯着看，越发不知该说些什么，沉思半晌，终于挤出一句无关痛痒的废话："今日天气不错。"

听到这话叶蔓显然一愣，片刻以后才接上话："是呀，天气不错。"语罢，又目光定定地望着晚樱，由衷地感叹，"三年了，你终于回来了。"

"原本我也以为自己再也回不来。"晚樱恬淡一笑，视线飘往很远很远的地方，"可只有活着，才能得到想要的一切，不是吗？"

自晚樱说话开始，叶蔓唇畔就已绽开一抹笑，直至晚樱把话说完，那抹笑早已渗入到眼睛里。

二人皆不再言语。

有些话不必说得太透彻，心中明白便好。

看腻了夕阳的阿华在叶蔓肩头蹭了蹭，轻声哼哼："吃饭，吃饭。"

叶蔓微微侧过头去，蹭了蹭她的脸颊，笑容柔软得不可思议："好好好，咱们马上就去吃饭。"

晚樱微微抿唇，与叶蔓告辞，转身之际，隐隐听到身后传来个轻柔的声音："马上就要变天了。"

三年前那个雨夜里的承诺再次浮现在眼前,晚樱背影明显一顿,又偏过头去,却见叶蔓正挽着阿华慢悠悠地走回屋里,仿佛方才那一瞬不过是幻听。

即将散去的天光迎头洒下来,晚樱的影子被拉得很长,她呆呆立在夕阳的余晖里,素色衣裙被风拉扯得四处飞扬,仿佛一朵绽开的雪白莲花。许久很久以后,她的眼神才从变幻莫测的天空中抽离,嘴角微微勾起,声音很淡很淡,仿佛风一吹就会散。

"晚樱拭目以待。"

二、那小少年哭得越发声嘶力竭,只差顶个牌子,上书曰"我苦,我冤"四个大字。

翌日清晨,天尚未亮透,晚樱就与优昙一同坐上驶往晋国的马车。

二人心思重重,出发前的一夜皆未睡着,一上马车,都犯起了困。

车轮骨碌碌地转,窗上的帷幔在晨风中飞舞,晕染出一丝丝奢靡的艳红,偶有栀子花的清香随风涌入车厢,拂在二人紧覆双眼的睫翼上。

远处紧闭的城门被缓缓推开,捏着马鞭的车夫手中长鞭一甩,马儿吃痛，加快了步伐往前冲。

却不想，即将驶出城门之际，忽有一辆四角坠着铜铃的马车飞驰而来，急促而破碎的"叮当"声让人听了无端觉得心烦，原本卧在马车上小憩的优昙赫然睁开了眼，有烦乱的情绪自她眼中一闪而过。不过片刻，她又翻了个身，再度闭上眼，对那铜铃声恍若未闻。

与其一同卧在马车里的晚樱睡意正浓，被那铜铃声一吵，颇有些恼怒，皱着眉起身，掀开帘布，只见一辆极尽奢华的八宝镏金顶马车迎面驶来，横在她们的马车正前方。

晚樱不禁心中一紧，瞬间全无睡意。

楚国能以八宝镏金顶做辇的不足十人，其中正包括楚王的四位公子，而既能以八宝镏金顶做辇，又以铜铃作为装饰的，举国上下仅有公子卿一人。

桃花杀里优昙算是个最特殊的存在，其余人皆是各方势力送入桃花杀争权夺势的工具，她虽被划作公子卿的人，却是这么多年以来，唯一一个自主要求加入桃花杀的。无人知晓她与公子卿之间究竟有段怎样的过往，只知公子卿一片痴心错付。

辨清来人，晚樱下意识地望了眼优昙，却见她双眼紧闭，一动不动地躺在竹席上，俨然一副熟睡的样子。

猜出她十有八九在装睡的晚樱无奈地叹了口气，只得推开车门走下去，毕恭毕敬地朝那马车内所坐之人行上一礼。

以金丝楠木打造的车门被缓缓推开，一抹苍青赫然跃入眼帘。

华服加身的公子卿高仰着脖颈，缓步走来，每前行一步，都有玉石相叩击之音传出，一步一步，仿佛踩在优昙心尖上，她可以感受到，那人的目光从未从她身上离开，却死撑着不肯睁开眼睛。

时间一点一点过去，躺在马车上的她只觉度日如年，又不知过了多久，那人终于发出一声叹息，只与晚樱道了句："好好照顾她。"

又有玉石相叩击之音传来，他终是转身离去，铃儿声一路"叮当"作响，飞散在初晨的缕缕清风里，仿佛可以回到那不曾离散的时光。

车轱辘声再度响起，一直强撑着的优昙终于睁开了眼，扶着车壁爬起来。

晚樱目光仍在那辆已然走远的八宝镏金顶马车上，优昙却一把拉起帷幔，隔绝晚樱的视线，声音幽冷，不带一丝温度："你可想好了，要以怎样的方式去接近那缪秦？"

晚樱微微侧过头，以手支颐，歪着身子靠在矮几上，沉吟道："已想好接近他的方式，只是有些东西还需从长计议。"

缪秦本是中原最负盛名的剑客，有"御剑公子"之美称，却在十八年前淡出所有人的视线，痴守自家师父陵墓多年。直至今年，铸剑山庄有圣剑现世，他才再现江湖。

这个节骨眼上，赶往铸剑山庄之人多不胜数，却见一辆颇具脂粉气的马车缓缓驶来，停靠在铸剑山庄巍峨高耸的庄门前。水红色帷幔被人从内掀起，跳出个娇小玲珑的小少年，他头上歪歪斜斜顶着个小揪揪，纵然穿着一袭黑色劲装，却还是比一般女子都来得娇俏。甫一下车，小少年就忍不住四处张望，一双水灵灵的杏眼盯得人心头直颤。

小少年下车不久，水红色帷幔又被掀起，这次跳下个瓜子脸的小厮，神色微冷，比那小少年高出一整个头，明明算不上个矮的，却还是无端给人一种纤秀之感。

小厮才落地，那小少年就跑来，一把拽住那小厮的胳膊，要往铸剑山庄里拖。

离大门还隔着好几米的距离，就被一群穿黑色暗纹的侍卫给拦下，其中一人朝那小少年抱拳行礼，朗声问道："这位少侠可有请柬？"

"请柬？"小少年骨碌碌转着眼，下一刻，神色已变，连带着声音也拔高不少，"堂堂铸剑山庄给人看剑还要请柬？"

他这纯属胡搅蛮缠，在场的侍卫们皆看穿他用意，领头之人仍旧抱着拳，神色不变，唯有声音越发生硬："若无请柬，还请少侠莫要再纠缠。"

寻常人被这般驱赶，哪有不走的道理，那小少年却是个没脸没皮的，二话不说就躺在地上，打滚嚷嚷着："铸剑山庄就是这么欺负人的，有没有天良呀！光天化日之下，欺负我这么个弱……弱……弱男子！"

这种没脸没皮的话也亏他说得出口，领头侍卫神色一冷，思量着该不该直接将他扛起，丢进马车里，一直沉默不语的小厮终是忍不住上前扶了小少年一把，压低了声音道："小……少爷，莫要再闹了。"

那小少年却恍若未闻，一把推开小厮的手，继续撒泼打滚。

小厮是个脸皮薄之人，着实拿他没办法，直接放弃继续劝他的念头，冷冷立在一旁，也不看他，索性来个眼不见为净。

过往的行人纷纷侧目往这边看，越是被人看着，那小少年哭得越发声嘶力竭，只差头上顶个牌子，上书曰"我苦，我冤"四个大字。

那些侍卫自小在铸剑山庄长大，从未见过这般无赖之人，一个个面面相觑，不知该如何是好。

就在领头侍卫准备狠下心来将小少年扛走之际，前方忽而传来一阵爽朗的笑声，众人循声望去，却见一个穿黛色长袍的男子翻身下马，径直走来。

周遭变得异常安静，躺在地上打滚的小少年后知后觉发现情况不对，侧目一看，却见个身负重剑的男子缓步走来。小少年胡乱擦了把眼泪，仰头盯着那男子看了好一会儿，待他靠近，一个饿虎扑食，冲上去直接抱住他的大腿，哭声越发嘹亮："这位大侠，您可要替小的主持公道啊，这些个浑人仗着自己是铸剑山庄的，就这般欺辱人！真真是天理难容啊！"

他这手混淆黑白的功夫当真了得，不过须臾，就将铸剑山庄的人塑造成了仗势欺人的恶棍。

那些侍卫气得直咬牙，又拉不下脸像他那般抱人大腿哭闹。

冷眼看热闹的小厮终于看不下去，前行几步，朝那身穿黛袍男子毕恭毕敬行了个礼："我家少爷自小被惯坏，不懂礼数，若有冒犯，还请多多包涵！"

小厮本就气度不凡，说这话的时候，不卑不亢，自有一股傲气，让人无端联想到了寒冬腊月里傲雪的冷梅。

正午的阳光穿透层层叠叠堆在枝头的夏花，从花与花的间隙里钻出，在他身上交叠出斑驳的重影，他眉眼低垂，好似一幅静谧的山水画。

那些远逝的记忆纷至沓来，着黛色衣袍的男子怔怔望着那小厮，有一瞬间的失神，足足过了两秒，方才收回视线，轻咳一声，沉着嗓音道了句："不碍事。"

事已至此，地上那小少年却仍死抱着黛袍男子的腿不肯撒手，那些侍卫可谓是心急如焚，小少年所抱之人不是普通人，正是御剑公子缪秦！

或许有人不识缪秦本人，却无人不知他手中的穿云剑。领头侍卫不胜惶恐，终于寻到无人说话的空当，当即抱拳行礼，他身后侍卫纷纷效仿，一时间喊声冲天，小公子只觉耳朵隆隆作响，仿佛整个世界都只剩"御剑公子"四字。

当今世上能称得上"御剑公子"四字的，除却缪秦还有谁？

小少年像是还未回过神来，一双杏仁似的大眼瞪得溜圆，一会儿看看领头侍卫，一会儿又扭着脖子盯着黛袍男子，其神色之复杂简直无法用言语来表达。

缪秦被他那变戏法般交替变化的表情给逗乐，当即笑着问道："这位少侠可是在表演变戏法？"他声线醇厚，犹如在地下窖藏多年的美酒佳酿。

小少年直至此时才想起羞涩这一回事，竭尽全力垂着头，只差把整颗脑袋都缩到衣服里，大伙被他这副别扭的模样给逗乐，连那领头侍卫都忍俊不禁，唯有那小厮兀自冷着脸，板着一张生人勿近的讨债脸。

小厮这冷冰冰的模样于寻常人而言太过冷漠，却是极对缪秦的胃口。

缪秦脸虽是对着那小少年，眼神却时不时飘到他脸上。

片刻以后，那小少年终是舍弃这般憋屈的挣扎，索性豁出去，一骨碌从地上爬起，两眼放光地抱着缪秦的胳膊："原来您就是御剑公子！"一副朝气勃勃的模样，哪有半点方才被欺负的影子。

来铸剑山庄者，有一半以上是为目睹圣剑出世，还剩一半则是为领略御剑公子缪秦的风采。小少年如此热情，缪秦也不觉意外，只微微笑道："正是鄙人，不知小兄弟这般抓着缪某有何要事？"

"啊？没事，没事。"小少年即刻松开缪秦手臂，边说边摇头后退。

退至一定距离，他又忍不住盯着缪秦的脸，吃吃发笑。

冷面小厮见之，忙斜着眼瞪他，示意他莫要再作妖添乱，那小少年本有一肚子话要说，被冷面小厮这么一瞪，倒是真噤了声。

缪秦见之，询问小少年道："你方才可是要进铸剑山庄？"

小少年直接无视冷面小厮警告的眼神，点头如捣蒜："正是！正是！"复又微低着头，努力睁大眼，可怜兮兮地望着缪秦，"缪大哥，你可能让我进去瞅瞅？"

缪秦但笑不语，眼神随处飘移，最终落在那讨债脸小厮身上，与他眼神撞个正着，方才漾开了笑："自然是……"

"可以。"

三、若不是苏寒樱留下一封信笺，大抵不会有人想到，世上竟还存在这般偏执痴狂之人。

相比较那巍峨雄壮的大门，铸剑山庄里边明显要婉约秀致不少，虽少了几分磅礴的霸气，却也赏心悦目，适宜居住。

一路上小少年都在缠着缪秦说东说西，冷面小厮则沉默不语，紧跟在二人身后。

三人踏入铸剑山庄时已至正午，宾客们匆匆用过午膳就往铸剑台上赶，却在此时传来个令人扫兴的消息，本该在今日问世的圣剑尚未冷却，须得推迟至明日才可供众人观看。

听闻这个消息，小少年嘟着嘴，直嚷嚷着说扫兴。

已然与小少年混熟的缪秦亲昵地刮了刮他高挺的鼻子，道："心急吃不了热豆腐，啧啧，就不高兴了？"

小少年别开脸，哼哼唧唧地道："哪有？哪有？分明是你眼拙，瞎说话！"

缪秦也不再与小少年闹下去，揉了揉眼角，声音中透着一丝倦意："先去客房歇息，待用过晚膳，再带你们去铸剑台上转转。"

身份尊贵的宾客皆被庄主留了下来做客，托缪秦的福，小少年与冷面小厮皆被留了下来，只是他二人被分到了女眷所居的西苑。

临走时，小少年一脸娇嗔地望着缪秦，有些支支吾吾："你究竟从何得知我是女儿身？"

缪秦又揉揉她头顶上那东倒西歪的小揪揪，笑道："天底下又岂会有你这般娇俏的少年郎？"

缪秦说这话的时候，一双寒星般的眼睛深如黑渊，只消一眼，就能将人吸进去，"小少年"看得失了神，在冷面小厮的再三呼唤下方才收回心神，羞红了脸，跑进房间里。

雕花木门"砰"的一声被关上，将屋内屋外隔绝成两个世界，"小少年"缓缓转过身来，流露于表面的娇羞皆被冷漠所取代，却又不似晚樱那种超脱世外的淡漠，而是如毒蛇一般森冷阴郁，正是与三年前大相径庭的优昙。

直至确认门外缪秦离开，优昙方才问道："何时动手？"

那冷面小厮自然是晚樱所扮，她听优昙所问之话，道："人越多越乱越方便咱们逃出去。"

优昙不假思索接了句话："那不就只有圣剑现世的时候？"稍作思考，她又沉吟道，"今晚咱们去铸剑台探下路，回来绘张图。"

晚樱颔首，以示赞同。

二人一路风尘仆仆赶来，着实有些累，才商讨好行动计划，门外突然传来一阵杂乱的脚步声，两人同时噤了声，屏息观察屋外动静,不过须臾,就有人在屋外敲门。

优昙神色变了变,一张嘴又是一副天真无忧的腔调:"谁在外面敲门呀?"

语落,屋外便传来一道女声:"奴婢奉御剑公子之命,给二位姑娘送洗澡水与换洗衣物。"

门外浩浩荡荡站了两排婢女,最前方的两个婢女手中分别用托盘托了两身轻薄的夏装,站在她们身后的两行婢女则人手提着一桶热水,这般望去,也算得上声势浩大。

缪秦给优昙准备的是一袭茜色纱裙,裙裾和衣襟上镶嵌着一圈细碎的珍珠,精致华贵至极。

晚樱的则是一袭素白襦裙,粗略看去只觉朴实无华,稍微用点心就会发觉,这衣裙用料极考究,入手冰凉,细细看去,甚至连针脚都寻不到。

晚樱甫一换上,优昙便挑眉打趣道:"这缪秦对你倒是大方,连鲛绡都舍得拿出来。"

晚樱拿起一根银丝编织的发带,将三千青丝系在脑后,直至确保每一缕发丝都被整理服帖,晚樱方才把视线定在优昙脸上,表情始终很淡:"鲛绡如斯珍贵,你觉得他会轻易送给我?"

优昙敛去玩笑之意,道:"自然不信。"

"我曾看过他师父的画像,这件衣服大抵是他师父穿过的。"说到此处,晚樱不再言语,讳莫如深地望着优昙的眼睛。

优昙瞬间醒悟,神色颇有些复杂:"你是说……"

接下来的话,不必再说出口,两人心中都有了答案。

这是有关御剑公子缪秦的惊天秘事,若不是苏寒樱留下一封信笺,大抵不会有人想到,世上竟还存在这般偏执痴狂之人。

阳光微斜,竹影斑驳,残阳被茂密竹林分割得支离破碎,星星点点洒落在男子黛色衣袍之上,寒光忽闪,穿云出鞘,在虚空里绽出万丈光芒,无边落叶萧萧下,在虚空飘零的竹叶全被斩作两截。

优昙与晚樱携手走来时,恰好看到这一幕。

两人心中皆掀起不小的波澜,面上却未透露丝毫,短时间的寂静后,优昙与晚樱对视一眼,下一刻,优昙已然提着裙摆跑过去,一把扑进犹在收剑入鞘的缪秦怀里。

刺耳的剑鸣声顷刻间响起,锋利的剑影犹如海浪般翻涌开,在空气中炸开一朵又一朵炫目至极的光之花。

缪秦万万没料到优昙会这般突然扑来,险些被自己舞出的剑气割到手,连带看优昙的眼神都多了一丝不悦。

优昙这一扑看似激进没脑子,实则一举双得:

一是在考验缪秦的实力,练武之人皆知,收势卸力不仅考验一个人的应变能力,更是能由此判断出那人内力深厚到何种程度。

二是为彻底打消缪秦的顾虑,这种事只有完全不懂武功之人才做得出。而面对这种事仍能收放自如,卸去剑气的同时还能拥美人入怀的,普天之下恐只有他缪秦一人。

像是对缪秦的恼怒毫无察觉,优昙先是趴在他怀里蹭了蹭,紧接着又从他怀里钻了出来,张开双臂在他眼前转了一圈,笑意盈盈地问:"你说我美吗?"

缪秦紧皱着的眉终于舒展开,他目光在优昙身上流转一圈,露出些许赞赏的神色,正欲开口说话,一袭白裙的晚樱恰好从碧绿的竹林里缓缓走来,她神色极冷,堪称冷若冰霜,仿佛世间万物都入不了她的眼。

缪秦即刻咽下仍哽在喉咙里的话,眼中透露出痴迷之色,像是透过晚樱看到了那道早就消逝在时间洪流中的身影。

优昙一副毫无察觉的模样,又上前一步,拽着他的袖子,嘟着嘴道:"你怎不说话呢?"

"美……"毫无征兆地,就从他嘴里溢出这么一个字。

优昙微微垂着脑袋,声音里有溢于言表的窃喜:"此话当真?"

缪秦仍是两眼发痴地望着白衣胜雪的晚樱,偏生这个时候她又弯了弯唇,露出个薄凉到骨子里的笑,这神态,十足十地像那个在十八年前就已香消玉殒的绝代佳人。

接下来究竟发生了什么，缪秦再也不愿去关注，他并不知晓优昙何时又扑进了他怀里，究竟又贴在他耳侧说了什么，从头至尾，只痴痴望着晚樱。

留下她！

他听见一个疯狂的声音在心中咆哮呐喊："留下她！定然不能让她跑了！"

即便是晚上，都有不少人在铸剑台附近转悠，浓得化不开的夜色里，只有铸剑台上尚存一丝微光，点亮整片黑夜。

整个行走的过程都是优昙抱着缪秦胳膊，喋喋不休地说些无关紧要之事，晚樱一人静静跟在其后，直至铸剑山庄庄主现身，才打破这一局面。

铸剑山庄庄主是个蓄着八字胡的中年男子，他若有所思地瞥了眼几乎整个人都要挂在缪秦胳膊上的优昙，方才悠悠收回视线，正了正神色与缪秦道："有御剑公子鼎力相助，明日之事定能顺利完成。"

缪秦谦逊摇头，笑容浅淡："徐庄主言重，缪某也只是尽自己分内之事。"

两人就这般毫无征兆地聊起了正事，挂在缪秦胳膊上的优昙觉得没意思，懒洋洋地捂着嘴打了个呵欠，开始眨着眼卖弄乖巧："既然你们有正事要聊，我就不在这儿杵着啦。"语罢，仰头望了望缪秦，又道，"我与阿樱去四周逛逛，逛完就回去歇息，你也不必再等我们一起走。"

闻言缪秦很是意外，他从未想过优昙也能有这般懂事识趣的时候，甚是满意地点了点头，道了句"好"，就见优昙挽着晚樱的胳膊，融在一片朦胧月色里。

优昙与晚樱围着铸剑台绕了整整五圈，走了近两个时辰才将此处地形彻底摸透，此时已至深夜，倦意袭人，两人边画图、边打着呵欠。

一幅完整的地图问世，两人顿时没了困意，晚樱盯着密密麻麻标满蝇头小字的地图看了两秒，方才出声道："圣剑要由缪秦亲自从剑池里捞出来，必然消耗甚大，我们也只能在那个时候动手。"

优昙了然，又补充道："我们自然不能光天化日之下动手，他元气大伤定会被送去休养，若能进入他调息休养的房间，就能一举两得——既能降低杀他的难度，又有圣剑现世，替我们引开外面那群人的注意。"

两人你一句我一句，直至天将破晓，方才有了倦意，却也讲究不得太多，躺在床上，囫囵睡了一觉。

再次醒来已近午时。

优昙、晚樱两人是被敲门声吵醒的，只见两个提着食盒的侍女俏生生地立在门外，其中一人道："是御剑公子派我们来给两位姑娘送餐的，另外还嘱咐两位姑娘，莫要误了时辰，圣剑将在未时三刻现世。"

优昙、晚樱两人用过午膳就匆忙赶了过去，却见铸剑台下人满为患，优昙个子矮，站在人群里只能看到一片黑压压的脑袋，除此，什么也看不清。

相比较优昙，晚樱倒是能勉强看到一袭黛色衣袍的缪秦迎风立在铸剑台上。此处人虽多，却无一丝杂音，可谓是安静到不可思议，所有人都在屏息等待圣剑问世的那一刻。唯独晚樱不动声色地拉着优昙往外退了退，圣剑现世与否和她们无一丝关联，盯紧缪秦才是她们唯一的目的，退到外围反而更方便观察缪秦的举动。

时间一点一点过去，眼见就要到未时三刻，铸剑台上的剑池里赫然发出一阵响彻天际的剑鸣，铸剑台下抽气声此起彼伏地响起。

优昙却在这时无端想起关于这柄圣剑的传言。

相传这柄剑乃是由天外陨石打磨成坯，再以九宫明火烧至通红，又以玄铁锤打上七七四十九天，方才有了雏形。有传闻道，此剑现出雏形当日，晴空里无端劈下九九八十一道天雷，道道命中仍是剑坯的圣剑上。令人惊叹的是，天雷方才消散，圣剑便有了大致的轮廓，更甚的是，剑身上仿佛有无数紫雷在奔腾，宛若游龙。这柄剑就此名声大噪，被世人誉为圣剑，更有人说，此剑乃是天命所归之剑，得此剑者得天下！

剑鸣声穿透云霄久久不曾停歇，剑鸣声消散后，晚樱隔着老远望去，只见一团紫光自剑池内腾起，池中清水皆被灼热的圣剑蒸腾成水汽，白茫茫一片飘浮在铸剑台上空，升起不久，又被染成一片明紫色，大有紫气东来的意味。

铸剑台上缪秦挥汗如雨，他以深厚的内力将圣剑一点一点拖出剑池。眼看圣剑就要冒出尖，却有一阵妖风忽而刮来，吹得紫气四处飘散，全神贯注的缪秦只觉眼前一黑，下一刻，他竭尽全力从剑池里拖出的圣剑，就被一个裹着黑色斗篷的人握在手中。

一时间空中突然有雷鸣声响起，原本晴空万里的天空顿时雷电交织，湛蓝的天像是被罩进一张明紫色的电网中，震耳欲聋的雷电轰鸣之声仿佛自九天之上传来。

连那夺剑之人都不曾想到，会出现这般异象，更何况是台下观望之人，皆呆若木鸡。不过须臾，所有人便从中惊醒，铸剑台下一片哗然，甚至还有人跪伏在地，颤声高喊："天命所归之人啊！"

那不曾露出真实面貌的黑袍人并不领情，只见他双手握剑举至头顶，猛地一劈，顷刻间就有千万道紫雷游龙般涌出，空气里弥漫着一股焦臭味，四下哀声一片，再仔细一看，那黑衣人已消失不见。

优昙心中骇然，与晚樱对视一眼，挤开混乱的人群，朝铸剑台所在的方向赶去。

她们还未靠近，立在铸剑台之上的缪秦就已发觉她两人，纵身跃下高台，翩然落至她们身前，露出关切之色："你们两人都还好吧？"

优昙微微颔首："我们离得远，并未遭受波及。"语罢，她又问了句，"缪大哥，方才那个黑衣人真是天命所归之人？"

缪秦摇了摇头："或许吧，可谁又知天命究竟为何物？"

优昙不再纠结于这个问题，又道："缪大哥，既然圣剑已被夺走，那你是不是就不会留在铸剑山庄了呢？"说这话的时候，她眼睛里闪动着细碎的波光。

缪秦本不是怜香惜玉之人，与她眼神相触的一刹那，他莫名觉得心中一紧，连带望着优昙的眼神也变得格外怜惜，半晌以后，方才调侃道："怎的？舍不得你缪大哥我？"

优昙粉润的唇微微嘟起，佯装生气，一记粉拳捶在缪秦胸膛上："才不是舍不得你。"

缪秦顺势将优昙拢入怀里:"那你可愿与我一同回去?"

四、并非那种带着阴沉腐败之气的风,而是有着鲜活生命的、仿佛能让人嗅到万物生长之力的风。

此时正值繁花盛开的夏季,越国又山水众多,一路乘着马车走来,优昙只觉自己要被车窗外遮天蔽日的芙蕖晃花了眼。

甫一跳下马车就起风了,丝丝缕缕幽香随风散入空气里,若有似无,一点一点钻入鼻腔,优昙微微眯着眼,不禁喃喃:"此处真是个仙境。"

缪秦眉眼舒展开,难得有笑容渗入眼底:"师父生前最爱蜡梅与芙蕖。"而后似又发觉自己这话说得不妥,捏了捏犹自在发愣的优昙的手,道,"我们一同进去吧。"

"进去?"优昙一脸茫然,此处除却一片遮天蔽日的芙蕖与一块无字碑,再无他物,于是她又问,"我们要进哪儿?"

缪秦但笑不语,带着优昙与晚樱绕陵墓顺时针转三圈,又逆时针转上三圈半,两个姑娘转得头晕眼花之际,密不透风的芙蕖花海突然分出一条宽敞的水道,远处有人撑着油纸伞划舟而来。

优昙啧啧称奇,当那小舟靠近了才发觉,划舟之人是个身量颇高的白衣侍女,她肤色极浅,隐隐透着病态的青白之色,眼睛里也无一丝光彩，黑漆漆一片，仿若死人一般。

刚踏上小舟，湖面就无端升起一层朦胧的水雾，越深入，那片雾气就越发浓厚，直至最后，优昙只觉自己眼前白茫茫一片，除此什么也看不见。

与缪秦回越国的路上，她与晚樱不是没想过要杀他，只是一路都未寻到机会。而今无疑又是一次机会，只是她却有些犹豫不决，不知此处与她们所去的地方究竟何处更危险，更何她也无法与晚樱传讯号，当即便放弃心中所想，只等着雾气散去，到了目的地再与晚樱一同从长计议。

随着时间的推移，雾气渐渐散去，逐渐清晰的视线里莫名出现一扇石门，一眼望去只觉里边深不可测，仿佛从里边刮来的风都沾染着死气。

优昙下意识地仰头望了缪秦一眼，却见他面上不加掩饰地涌现出一种名为"狂热"的情绪。

像是再也按捺不住，他的动作甚至可称之为粗鲁，一把拽住仍在磨磨蹭蹭的优昙与晚樱往石门内钻。

晚樱被他捏疼，只微微皱着眉头，优昙却不同，她忙开口抱怨："缪大哥，你究竟怎么了？"

缪秦对她的抱怨充耳不闻，只一路拽着晚樱与优昙往那深不可测的石道里钻。

隧道里并非外面所看到的那般黑，两旁悬着长明灯，在无风的石道中熊熊地燃烧着。

他们在这仿佛没有尽头的石道里不停地前进，越是往前走，缪秦面上的表情越是狰狞，仿佛到了目的地就会将她们二人生吞活剥了似的。

三人又前行了近五百米，缪秦方才停下步伐，优昙适时出声，话音里带着哭腔："缪大哥，你究竟是怎么了？为何……为何突然变得这般奇怪？"

缪秦本就算不上怜香惜玉之人，当初若不是为了将她们骗回来，他又怎会有那般闲情逸致与优昙去调情，而今人已被骗到这里，他却是连戏都懒得去演，再次无视优昙的话语，只冷着脸道了句："接下来的路我是如何走，你们便跟着走。"语罢，随意掏出一颗弹珠丢掷在前方，下一瞬，即刻有破风声传来，却见石壁两侧突然射出无数支利箭，密密麻麻落了一地。

优昙吓得惊叫出声，晚樱也刹那间白了脸色，只有缪秦露出阴鸷的笑，仍是冷冷道："不听话是要被射成筛子的。"

缪秦一路踩着极其古怪的步伐前行，她们虽模仿得有些吃力，却仍是寸步不离地跟在缪秦身后走。

越走优昙越觉得负气,走至后面甚至开始低声埋怨。

缪秦充耳不闻,行走速度越来越快,只差将优昙、晚樱二人拥在怀里带走。

无法忍受这般拼死赶路的优昙不肯再动,一屁股坐在了地上,尚未来得及说出抱怨的话语,就有数十支箭擦着她头顶而过,幸好缪秦眼疾手快,一把压倒晚樱趴在地上,才躲过这夺命一箭。

优昙惊魂未定,盯了晚樱与缪秦几秒,就忍不住"哇哇"大哭,她这么一哭,本就有些恼怒的缪秦火气更胜,拉着晚樱从地上爬起,盯着优昙的眼神仿佛像是要吃人。

就在缪秦与优昙对视的那一瞬,优昙漆黑的眼睛里赫然涌出两点红光,就像黑夜里突然蹿出两道鬼火。她面容也变得妖艳至极,原本一脸怒容的缪秦表情逐渐呆滞。晚樱见机行事,指尖就要触及插在发髻里的绕指柔,身后却突然传来窸窸窣窣的攀爬声。晚樱只觉有什么东西像蛇一样顺着她脚踝一路向上攀爬,她的心已凉了一截,这种藤蔓她认识,正是当年被植在陌玉体内的那种,她即刻出声道:"优昙,小心地上的藤!"

缪秦早就被优昙的摄魂术勾去了心神,对外界之事充耳不闻。这种异样的感觉优昙亦有所察觉,她也认识这种名唤"噬月"

的藤蔓。上一次执行任务的时候,优昙就差点化身为这些藤蔓的肥料,眼下是没法继续下去了,她心不甘情不愿地闭上了眼,一把扎入缪秦怀里,嘤嘤哭诉着:"从前你哪会这般待我?"

不再与优昙对视的缪秦赫然回过神来,他并不知晓方才究竟发生了何事,只知自己无端就走了神,压根就没想过世上还有人会练摄魂术这种折寿的邪术。说起来也是奇怪,他甫一清醒,那些藤蔓便悄悄消失,也不知它们究竟是从何处冒出来,又究竟退回了何处。

被藤缠身的晚樱莫名松了口气,却又不免有些心急,不知再拖下去又会遭遇怎样的事。

与自家师父相像的仅仅是晚樱一人,缪秦若是对优昙无一丝感情,早就把她给杀了,又何必带进来。瞧见优昙梨花带雨地说出这么一番话,他不禁有些动容,神态也不由得缓了缓,像是哄小孩一般"好好,我不凶你了便是。"

又过了半个时辰,那仿佛没有尽头的石道终于消失不见,取而代之的是一片梦幻且奢靡的景:水银为海,珊瑚为树,又有各式奇珍异宝如杂草般堆放其间,头顶上密密麻麻缀满鸽子蛋大小的夜明珠,将这本无一丝阳光的地宫映得亮如白昼。

即便是见过奇珍异宝无数的优昙、晚樱二人都不禁瞠目结舌,这是何等的大手笔!

直至如今，优昙与晚樱二人才算正式进了地宫。缪秦侧身，重重击掌三声，不过须臾，就有着素白衣裙的侍女鱼贯而入。她们个个面色青白，眼睛里无一丝光彩，黑漆漆一片，这般整齐划一、动作僵硬地走来，无端让人感到毛骨悚然。

晚樱强忍住心中的不适，故作天真地道了句："原来地宫里有这么多人呢。"

缪秦面上表情不变，搂着优昙柔软的腰肢道："时间不早了，你们用完午膳就去歇息吧。"不给优昙说话的机会，话音刚落下，就抽回搂住优昙腰肢的手，对立在最前方的侍女道，"带她们去用膳。"

优昙甚至都未来得及作答，那侍女就像押犯人一般将她与晚樱带到膳房。

这顿午餐比想象中更美味可口，用过午膳之后优昙强行被带去沐浴更衣，换了身雪白的衣裙，当她再度回到膳房时，晚樱早已无踪影。

一想到浮生岛岛主所留下的信，优昙便觉脚底直冒寒气，她一把拎住那领头侍女的领子，直视那侍女漆黑如深渊的眼睛。优昙的瞳孔逐渐由黑转至暗红，原本就显呆滞的侍女在她的对视之下更显呆滞，而后优昙的声音如鬼魅般响起"那个叫晚樱的女人在哪里？"

犹如锯木头般干枯喑哑的声音突然响起："密室，主人带她去了密室。"

强忍住心中的不适，优昙又问："密室在哪里？"

"密室……密室……"原本呆滞如木偶的侍女开始变得狂躁，甚至妄图挣脱优昙的桎梏。

"哼！"兴许是知道自己再也问不出任何话，优昙眼中红光更盛，直至她猛地一瞪眼，那侍女便直直地瘫倒在了地上。

她的眼睛逐渐恢复原状，轻轻踢了那侍女一脚，慢悠悠走出膳房，开始钻研整这座地宫内的阵法。

花开两朵各表一枝。

与此同时，被蒙住双眼的晚樱在缪秦的牵引之下，来到了一个相当古怪的地方，她完全可以确定，自己仍在地宫之中，然而此处却有风，并非那种带着阴沉腐败之气的风，而是有着鲜活生命的、仿佛能让人嗅到万物生长之力的风。

"到了。"缪秦低沉的嗓音在耳畔响起，晚樱只觉系在脑后的丝绢被人猛地一下抽散，覆在眼上的障碍物立刻被一双宽厚的手拿开。首先涌入她眼睛的是一丝流萤般微弱的光，而后成千上万缕微光一同奔涌而来，在她头顶，如闪着光的蛛网般相互交织，形成一番诡异至极的景象。

她神色骇然，摸不透缪秦将她带来此处究竟有何用意，皱着眉头凝望缪秦，刚要说话，却见他掀起嘴角笑了笑："此处是不是很美？"

"坐下，"缪秦嘴角浮现而出的笑意更甚，他指了指不远处，被殷红的曼珠沙华遮去一大半影子的硕大石块，"就坐在那块巨石上。"

……

五、你只需记住我是叶蔓的人即可。

桃花杀中皆是弱不禁风的美貌女子，奇门遁甲与琴棋书画是桃花杀中每个刺客的必修科目，若说叶蔓是十四芳主中奇门遁甲学得最差劲的一个，那么优昙则可谓是其中的佼佼者。

在这遍地都是机关的地宫里，优昙如入无人之境，不过须臾，她便吃透布在地宫里的阵法。但她却未贸然跑去找晚樱，而是刻意陷入阵法中。

半炷香时间过后，光影交织的密室里。

缪秦手中的狼毫蘸满朱砂，勾勒出一丛丛殷红似火的曼珠沙华，巨石上晚樱眼睫微垂，一副将睡未睡的慵懒姿态。

眼见这幅画就要画完,密室里突然卷起了狂风,一整片曼珠沙华霎时被压弯了腰,犹如一波又一波胡乱舞动的烈火海潮。

缪秦眉心突突直跳,却是再也顾不上那幅未完成的画作,拽着晚樱就往密室外跑。

缪秦赶来的时候,优昙正蜷曲在一个小小的角落里放声哭泣。她前方是密密麻麻如蛇一般蠕动着前进的碧绿藤蔓,它们身上长着尖锐的尖刺,甚至还有几株在顶端开出了艳红如血的花。每一朵都有碗口大,在层层叠叠娇嫩花瓣的簇拥下,一排雪白如锯齿的獠牙随着花瓣的轻颤而剧烈摩擦,传来阵阵令人头皮发麻的声响。

晚樱与优昙相识九年,岂会不知她精通奇门遁甲之术,眼下的局面大概是她一手操纵出来的吧。

心念一转,晚樱忙挣脱缪秦的手,大喊一声:"小姐。"

听到晚樱这么一声呐喊,在此守候多时的优昙悬着的心终于落了地,她连忙起身哭喊:"阿樱,快救我!这些花好可怕!它们想咬我!它们想咬我!"

晚樱尚未冲过去,人已被缪秦强行拽回来,优昙又开始哭喊:"缪大哥,救救我!救救我!"

缪秦却无动于衷,就这般无悲无喜地看着优昙被困在那个地方痛苦挣扎。

一个人待在这冰冷的地宫里难免会寂寞，这也是缪秦当初将优昙带回来的最重要的原因，有这样一个姑娘陪伴在身边叽叽喳喳说个不停，大概就不会显得那么孤寂吧。

只是……一切都需建立在那姑娘听话的基础之上。

"缪大哥！救我，救救我——"优昙仍在不停呐喊，"缪大哥，你为何不救我？为何不救我，莫非你当初与我所说之话都是假的？"

碧绿藤蔓一点一点逼近，眼看猩红的花瓣就要触碰到优昙脸颊，缪秦却在千钧一发之际抽出负在背上的穿云剑。柔软的花瓣擦着脸颊划过，森冷的锯齿状獠牙在她白嫩无瑕的面庞上割出一道触目惊心的伤痕，方才重重砸落在地。

又有无数道剑气迎面刮来，残余的藤蔓皆被绞成绿泥，却无一丝剑气伤及优昙，不断有破风声在她耳畔炸开，绚烂至极的剑气不断在她眼前绽放，她双手紧紧抱住脑袋，以一种在她看来最安全的方式将自己紧紧抱住。

当一切都消失的时候，她明显感受到自己被拥入一个宽厚而温暖的怀抱，醇厚的声音自她头顶响起："若有下次，我绝不救你。"

被他拥入怀中的人似乎愣了愣，一双柔若无骨的小手攀上他的脖颈，她微微踮起脚尖，与他贴近，水汽氤氲的杏仁大眼一眨不眨地望着他，像是有着无尽的委屈要与他诉说。

他瞳仁里不由得多了丝深意，下一刹，她原本雾气蒙眬的眼赫然沁染出一点猩红，她原本纯美可人的脸变得无比妖异，缪秦表情逐渐僵硬。独自立在一旁的晚樱发现端倪，直冲过来，拔出插在自己发髻里的绕指柔，猛地将其捅入缪秦后心窝！

血似泉水般喷涌而出，洒落在空气里，弥散出一层朱红的血雾。

剧烈的疼痛让缪秦即刻从优昙眼睛里的旋涡抽离，像是察觉到了缪秦即将苏醒，优昙立刻松开挽住他脖子的手臂，纵身一跃，与他拉开一段长长的距离。

他的身子在不停抽搐，一双即将翻白的眼睛死死盯住优昙，而后费尽他最大的力气转过身体，视线停留在晚樱脸庞上，他的目光逐渐变得狂热而痴迷，已然泛着青白之色的唇在不停嚅动，终于在断气前挤出那两个字："师父……"

优昙有一瞬间的怔忪，片刻以后方才找回神思，她拧了拧眉与神色复杂的晚樱道："附近的噬月藤都被他斩成了泥，可别处定然还有，我们快逃！"

像是为了应证优昙所说，她话音方才落下，空荡的石室里便传来一阵窸窣声响，那声音极其微弱，却又无处不在，四面八方翻涌而来。

整座地宫里都回荡着那让人头皮发麻的声音，优昙着实想不到，她们才踏出几步，就有无数碧绿藤蔓如海潮般翻滚而来，几欲将她们吞噬。

　　空气里霎时弥漫着一股浓郁至极的血腥味，是从那些藤蔓内部所散发而出的，优昙稳了稳心神，集中精力带着晚樱破阵往生门跑。

　　那些藤蔓却如附骨之蛆，跟在身后紧追不舍。

　　两人身上本就无内力护体，跑到最后，早已体力不支，优昙更是一个不慎跌倒在地。

　　眼看那些藤蔓就要追上，晚樱当即从怀里抽出一支碧绿的竹笛，抵在唇畔，吹出古怪的音调。

　　那让人一听就无端觉得难受的曲调在地宫里散开，只听远处又传来阵阵浑厚的脚步声，却是地宫里的侍女皆由那笛音所操控，蜂拥而至，她们既无痛觉，又不畏惧任何事物，手持利刃，砍藤蔓犹如切瓜。

　　藤蔓不断席卷而来，活尸亦不断拥来，紧紧包围住晚樱、优昙两人，形成一个密不透风的保护圈。

　　噬月藤蔓与活尸的厮杀仿佛未有停歇，围在两人身外的保护圈一点一点缩小，四处堆积的残枝烂叶也越来越多。

　　晚樱不知自己究竟还能支撑多久，每召来一群活尸，胸腔内都有一阵气血翻涌，仿佛五脏六腑都被搅作一团，她却不能停下来，只能边吹竹笛，边与优昙一同往生门外挪。

终于，在距离生门还有数百米距离的时候，晚樱再也支撑不住，呕出一口鲜血就已昏厥，没有那些侍女前来干扰，那些绿色藤蔓犹如舞动的蛇群般拥来。

就在她们即将被藤蔓所吞噬之际，突然有一道刺眼的阳光猛地照射进来，这一变故让仍保持清醒的优昙紧紧闭上了眼。再次睁开眼时，她只觉身后一阵电闪雷鸣，那些嗜血藤蔓顷刻间就化作了粉末飞散去。而后她在阳光的间隙里看清楚那是一柄剑，正是当日在铸剑台上无故失踪的圣剑！

而执剑人依旧是当日那身打扮，身体裹在黑色的连帽斗篷里，只露出一截苍白而尖细的下颌。

优昙尚有疑问，那人却二话不说便将已然陷入昏迷的晚樱扛在自己肩上，蕴含雷霆之力的剑气落下，整个地宫都开始倒塌，优昙整个人只觉身子一轻，原来她被那人打横抱在了怀里。

狂风擦着脸颊而过，久违的阳光温暖地洒落在身上，不过须臾，她又闻到那股幽香。再之后，她只觉身子一轻，就与晚樱一同被扔在了地上，直至此时她才找回自己的声音，张口便问："敢问你是？"

那人的身影却在瞬息间消失不见，只余一道朗润的声音在遮天蔽日的芙蕖花上飘浮:"你只需记住我是叶蔓的人即可。"

优昙在脑海里搜索许久,方才想起叶蔓便是曼珠的本名,她不知叶蔓这般做究竟有何目的。躺在她怀里的晚樱此时却有了动静,晚樱颇有些费力地睁开眼,勉强说出一句话:"叶蔓大概就想让我们欠她个人情。"

六、你不杀我一定会后悔,只要我活着一日,你就要遭受一日的折磨。

距离从地宫中逃出已过半个月,这半个月以来晚樱与优昙一直马不停蹄地往楚国赶,三日后顺利抵达楚国,一入圣都,就有辆八宝镏金顶车辇停靠在路中央迎接她们。

悬挂在四角、被风吹得"叮当"作响的铜铃不着痕迹地透露出车辇主人的身份。晚樱下意识地望了优昙一眼,却见她眉眼间霎时间染上一层戾气,猛地推开车门,他似笑非笑地朝那边喊话:"公子倒是真有闲情逸致。"

车辇中并未传出公子卿的声音,倒是那车夫吼了一嗓子:"公子有请二位芳主到府上一聚。"

优昙神色骤然一变,声音里带着挑衅:"若我不愿去呢?"

那车夫一愣,显然未料到优昙会说出这样一番话,他尚未想好应答的话语,晚樱却跃下马车,牵着梗着脖子怒视车夫的优昙悠悠前行,清浅如云烟的声音赫然响起:"既然公子有请,晚樱与优昙定不会缺席。"

听到晚樱的话语,优昙本欲挣扎,却被她一个警示的眼神给堵了回去,优昙也不再抗拒,嘴角掀起一个微不可察的细小弧度,声音却无比清晰地传入车夫与晚樱耳中:"还望公子莫要后悔才好。"

每次见公子卿,优昙都会被人拖去沐浴更衣,卸去满头钗环和绕指柔。

并非每个人见公子卿都得经历这番折腾,得此"殊荣"的也就优昙一人而已,与她一同前来的晚樱只需交出绕指柔即可与公子卿相见。

穿过迂回的长廊,又前行近三百米,晚樱方才见到长身立于凉亭之中的公子卿。

今夜的风微凉,轻拂过庭中白芍娇嫩的蕊,散出阵阵暗香。

公子卿依旧着苍青色大氅,一动不动立在晚风里,好一尊青玉雕凿的美人。

晚樱只看一眼,便悠悠收回视线,行了个颇为庄重的叩拜礼。

公子卿目光在她身上流转一圈,方才让其起身,却是一开口就道了句:"你可有发觉曼珠的异常之处?"

晚樱不知公子卿怎么会突然问起这个，未想好怎么回答，他的声音又接着响起："这些日子她与瑾交往甚密。"

晚樱眉头微不可察地皱了皱，沉声道："属下并未发觉。"

此时晚樱犹自低垂着脑袋，看不到公子卿流露在面上的情绪，只能看着他来回踱着步子，又过半晌，才听他再度发话："圣剑被夺之时，你与弦儿都在场吧？可有看清那夺剑之人的容貌？"

晚樱沉思片刻，方才答道："那人全身裹着斗篷，脸也被遮去一大半，属下着实看不出他的真实容貌。"

又是长时间的寂静，直至三百米外的长廊里再度传来细碎的脚步声，公子卿方才沉吟："竟然又是这个人。"

这话看似说得随意，晚樱心中却已掀起了滔天巨浪，脑袋中不停回想起叶蔓当日所说之话："马上就要变天了！"

公子卿与晚樱之间的对话在优昙盛装登场的那一瞬间截止。

"你先下去。"公子卿的声音适时响起，顷刻间抚平她心中的烦躁。

她正欲转身离去，坐在一旁的优昙却赫然起身，一把抱住她的胳膊，用极其恶劣的语气对公子卿道："我不准她走。"

公子卿非得没被她这无礼之举所惹恼，反倒欣然一笑："你终于肯与我说话了？"

优昙即刻噤了声,只听公子卿又道:"你乖乖听话让她下去,我有话与你说。"

"喊!"优昙不屑嗤笑,"你我之间有什么话不能当着她说?"

公子卿微微皱起了眉:"弦儿,你可知自己是在与谁说话!"

优昙却对他所说的话充耳不闻,抱着晚樱胳膊直往凉亭外拖。

这些年来,他们之间的争斗从未停止过,他知道自己从来都斗不赢她,索性压下怒气,心平气和与她道:"莫要再闹,我是真有话要与你说。"

优昙却是头也不回地拽着晚樱继续往前走,公子卿拳头紧握,终于妥协。

优昙懒懒地趴在石桌上,面露讥诮:"有话赶紧说。"

公子卿本有满腹心事要与优昙诉说,而今两人身边多了个晚樱,又被优昙搅成这番局面,他着实不知该从何说起。

踟蹰片刻,公子卿方才解下一串系在自己腰间的禁步,放在优昙眼前。

这串禁步上所用的玉石算不得顶尖的,做工也略显粗糙,公子卿却从未将其从自己身上摘下。九年的时光早就将那穿着玉石的红绳磨得失去了原色,即便花再多的心思去养护,也回不到从前。

优昙脸上的神色却无比复杂,她不断拉扯着两颊的肌肉,硬生生挤出一个冷笑:"送出去的东西我从不收回。"语罢,即刻起身,拉扯着晚樱往凉亭外走。

"弦儿!"公子卿即刻起身,拽住优昙右臂,却不想她竟就这般站在了原地,猛地抬起眼,直勾勾地望着他。

公子卿只觉脑袋一阵眩晕,旋即就有一抹猩红自优昙眼睛里溢散出,公子卿越发觉得自己浑身僵硬,无法动弹。

破风声擦着耳郭响起,他只觉胸口微凉,有温热的液体汩汩流淌,飞洒的鲜血在泼墨般散开的发间穿行,点点滴滴洒落在唇角上。

他想要开口与她说话,尚未启唇,就觉胸口一阵气血翻涌,连呼出的热气都带着鲜血的腥膻之气。

她握住羊脂白玉簪的手又紧了紧,想要将那支一瞬之间从他发髻上抽下的凶器插入他身体更深处,玉簪才没入一半,就被他的手握紧。

他可以清晰地看到她面上浮现出懊恼之色,甚至还有一丝不知所措从她的眼睛里飞快地划过。

"恭喜你,第八次暗杀又失败。"

清朗的声音自头顶响起,连喘息的声音都没有,下一瞬间,她已被声音的主人强行捞入染血的怀抱。浓郁的鲜血气息与馥郁的花香混淆在一起，狠狠钻入她的鼻腔，在她脑子里翻天覆地地搅，她觉得自己仿佛就要窒息，头顶的声音却像夏日里不断在耳畔轰炸叫嚣的飞蚊般絮絮叨叨："你终究是舍不得我去死的，否则又岂会刻意避开要害，刺入我胸口的空穴？"

"嗬！"优昙嘴角掀起一抹讥讽的笑，声音里带着无尽的恨意，"你若就这般轻易地死了，我又该折磨谁去？"

说这话的时候，她眼中又有红光隐现，在浓得化不开的夜色里仿若两点猩红的流萤。

他在发觉那两点猩红后神色变得复杂至极，抱着优昙的力道越发大，像要把她的骨头揉碎。那在肌理之上寸寸蔓延，逐渐透入骨子里的疼痛让她奋力挣扎，她不止一次地拍打到他染血的伤口，他只是发出一声又一声的闷哼，反倒将她抱得更紧，力道之大像是要将她嵌入自己身体里。

优昙已然放弃挣扎，任凭他将自己抱在怀中。

那一瞬间，四周的风仿佛突然变得很静，她甚至都能清晰地感受到他心脏在胸腔里跳动的频率，他却一直都未说话，仿佛世间万物都已消失，只余怀中的她和不停拂过脸颊的微风。

很久很久以后，优昙方才听到他的声音在自己耳畔响起："你何时学会了摄魂术？"说这话的时候他的胸腔在剧烈震动，那已算不上清朗的声音犹如击鼓钟鸣般撞在优昙心口上，一瞬间她竟不知该如何开口。

"一年？两年？还是三年……"

每叠加一次，他的声音都颤抖得比前一次更厉害，优昙嘴角浮现出一丝薄凉的笑，仿佛丝毫不把自己的命放在心上，她压低了嗓音，冷声道："不，已经八年了。"

优昙如愿以偿地看到他神色变了又变，声音越发冰冷，尖锐的话语在他心口捅上致命的一剑："正是你把我带回来的那一夜。"

摄魂术之所以被称之为邪术，正是因为它对所习之人伤害极大，甚至有传言说，一旦练了此术，定活不过十年。

公子卿脚下一个踉跄，几欲栽倒在地。

优昙却旁若无人地狂妄大笑，笑得眼泪流了一脸："我说过，你不杀我一定会后悔，只要我活着一日，你就要遭受一日的折磨！"这话几乎是从牙缝里挤出来的。

抱住优昙的手终于松开，他无比痛苦地闭上了眼，声音几乎是吼出来的："滚，莫出现在我眼前！"

"我还要杀你，怎能不出现在你眼前？"优昙毫无畏惧，一脸嚣张地挑着眉反问着，不顾公子卿已然栽倒在地，她一路狂笑，拽着晚樱走出凉亭。

夏夜的风仍在不停地吹，唯留公子卿一人躺在冰冷的地板上，心如刀绞。

夜里下了一场雨，闷热的燥意悉数湮灭，凉凉的风吹在身上，说不出的惬意。

雨水不知何时停了，翻来覆去睡不着的优昙差人取来一壶酒，打着灯笼摸到自己小院的凉亭里。

雨后湿润的空气混着清雅栀子花香，随风一同吹拂，擦过脸颊，微微有些痒。

优昙酒量浅薄，即便是寻常人拿来当水喝的果酒都能把她醉倒，她直接抱着酒壶喝，一口一口往肚子里咽，才半壶酒入腹，眼前就已经出现重影，整个世界层层叠叠混淆在一起。

她醉醺醺地趴在石桌上，黑夜中突然现出一个人影，那人身穿绘着云纹的夜行衣，脸上戴着一张纯白面具，显然是公子卿的影卫。

他在原地呆立许久，确认优昙已然醉得不省人事，方才上前一步，左手伸入衣襟里，像是在掏什么东西。

他那左手尚未来得及拿出，优昙突然一个翻身，赫然抱住他的手臂。

他心脏骤然一跳，凝目望去，却见优昙双眼紧闭，显然尚未清醒。此时的她眉头紧锁，像是被噩梦给缠住，口中不停发出急促而破碎的声响，一会儿哭着喊爹爹，一会儿又声嘶力竭地喊着阿卿哥哥，瞬息又没了任何声响，只有眼角泪水无声无息滑落。

影卫驻足观看须臾,方才找准时机抽出那只被她抱在怀里的手,终于把那揣在怀里的东西掏了出来,搁在冰冷的石桌上。

他像暗夜里的鬼魅,不断在夜风中穿行,快如闪电,未过多久,身影已闪至公子卿府邸。

他现身的一刻,奋笔疾书的公子卿赫然抬起眼帘,声线清浅"东西可曾放回去?"

他微微颔首:"属下已然放回。"他语气一顿,寻思许久,方才补了句,"今夜她又被梦魇缠住了,一直在喊您的名字。"

公子卿并未接他的话,垂目在那信纸上写完最后一句话,落款写上楚国公子卿,方才吹干墨迹,将那信纸折好封入竹筒中。

声音幽幽的,听不出任何情绪:"把这信送给姜国王姬。"

影卫稍有些迟疑:"主子,您真打算娶那姜国王姬?"

公子卿眸光骤然冷却,眯着眼直视他,尚未说出责备的话语,影卫就已认识到自己犯了怎样的错误,即刻弓身认错:"属下逾矩了。"

公子卿面上已无任何表情,只淡淡道了句:"下去吧。"

书房门敞开又被合上,微冷的夜风呼呼灌来,呛进他气管里,他面色一阵苍白,开始无法抑制地咳嗽,他下意识地想去抚摸悬在腰间的禁步,一连抓了好几下,才发觉腰间空荡荡的,什么都没有。

"弦儿,正如你所愿。"

他想,这或许只是一丝执念,就像那串在自己腰间悬挂了整整十年的禁步,没有它,日子依旧能过,只是难免会寂寞。

夜凉如水,醉倒在石桌上的优昙昏昏沉沉做了个梦。

火,是她亲眼看自己爹爹放的,他说:"弦儿,莫要怪爹爹,要恨就恨公子卿,是他把爹爹逼上这条绝路!"

那一刹那,爹爹的脸在明灭的火光中显得尤为狰狞,火光扑面而来,舔舐她的衣领……

她在火光中不断挣扎,嘶声哭喊,却无人救她。

"啊!"那刻骨铭心的灼烧感仿佛穿透时光的洪流,她不停挣扎拍打,只听"咔嚓"一声脆响,横列在石桌上的禁步不知何时落了地,莹润的雕花玉断成两截,赫然将她从梦魇中抽离出来。

她蹲下身去捡,眼泪却不可抑制地流出来。

"为何会变成这样?为何会变成这样?"

无人回答,唯有风吹散她的低声细语。

天渐渐黑了,吃够樱花饼的小白狗肚皮胀得滚圆,正趴在柔软的草地上打着盹。

晚樱低垂着眉眼,一条一条抚平裙子上的褶皱,半晌以后,方才抬头看了眼被残阳染成一片橘红的天空,沉吟道:"天色不早了。"

胖丫头知道她这是在赶人,还是厚着脸皮央求着:"晚樱姐姐——"

她这么一闹腾,其余的孩子也跟着一起瞎掺和,皆双手合十,眼巴巴望着她:"晚樱姐姐,你再多讲点嘛。"

"多讲点是讲多少呢?"晚樱虽在问,却已着手收拾东西,连那糯米团子似的小白狗也翻了个身一骨碌爬起来,凑近晚樱,在她腿上蹭了蹭。

晚樱只是随口一说,胖丫头却就此当了真,只见她那双溜圆的大眼睛骨碌骨碌转了一圈,随后立马问:"就讲浮生岛岛主留下的信笺里究竟讲了什么吗?还有那个大坏蛋缪秦抓她们回去究竟是要干什么?"

"对呀,对呀!"又有一个丫头跟着附和,"你连优昙与公子卿之间究竟发生了什么都没说呢!"

晚樱只微微摇头:"他们之间究竟发生了什么,即便是我也不清楚。"说到此处顿了顿,又转移到胖丫头的问题上,"当年缪秦的师父一心求死,直接跃入了滚烫的熔岩里,连尸骨都未留下。缪秦相思成疾,替她建了座衣冠冢,往后的日子一直都在寻觅与她相似的女子,眼睛相似便剜了眼睛,鼻子相似就割了鼻子,企图拼凑出一具与其一模一样的尸体。"

孩子们吓得面色苍白,一个个捂着嘴,眼中似有泪光在流转。

晚樱却已然收拾好东西,一手挎食盒,一手抱着她的小白狗优哉游哉离去。

翌日清晨,天尚未亮透,就传来一阵敲门声,阿白摇着尾巴在门口欢快地叫嚷着,睡得正香甜的晚樱揉了揉眼,没好气地从床上爬起。

她尚未来得及穿好鞋,却听"轰"的一声巨响传来,她那才换上新锁的房门犹如豆腐渣般碎了满地,清晨不甚透亮的阳光斜斜照射进来,落在那个高大的人影身上,像是镀上了一层圣洁的光。

"呀,这副新长出的身子倒是真结实,一个不留神就把门给撞碎了。"

晚樱穿鞋的动作就此一僵,她又揉了揉眼睛,却见那人逆光而行,整张脸都融在一大片光晕里。

"姐姐,你可真没良心,这才过了几年,就连弟弟我都不识得了?"

光晕散去,晚樱清晰地看见那人勾起薄凉的唇,朝她展开手臂:"啧啧,真是一如既往的不懂风情,还不快来抱抱我?"

……

孩子们用完早膳便急匆匆地赶到梨花林,却见浩渺如云烟的花海里无任何人的踪影。胖丫头垂头丧气,刚要领着一群孩子散去,就听闻远处传来一阵马蹄声,林间的花太密,遮蔽了天日,遮蔽了花丛后的人影,胖丫头只觉梨花枝头一阵抖动,下一瞬便有红衣似火的女子踏着一地雪白梨花缓步而来。

她每一步都走得很慢，似是在边走边沉思，孩子们却顾不得这么多，甫一看到她便兴冲冲地跑了上去，嘴里嚷嚷着："蔓华姐回来啦？快给我们接着讲昨日的故事吧。"

蔓华似是无奈至极，揉了揉眼角，道："我什么事都不用做了，整日就坐在这里给你们讲故事？"

她声音虽无一丝波澜，但话里所表达的意思却让人摸不准她的心思，胖丫头正思忖着该不该继续缠着她，却听她又道："昨日晚樱讲到哪儿了？"

胖丫头一听就知有戏，原本蔫巴巴垂下去的小脑袋瞬间抬了起来，炯炯有神地望着蔓华，道："昨日晚樱姐讲到优昙刺杀公子卿大笑离去……"

蔓华听罢不禁自言自语："原来还有这种事，怪不得……"

"怪不得什么？"胖丫头眼睛一眨不眨地盯着蔓华，即刻就想知道答案。

瞧见胖丫头这副模样，蔓华不禁莞尔一笑，找了棵梨树舒舒服服地倚靠上去，方才慢悠悠地道："莫要着急，听到后面你们自然会知晓。"

终卷

烽火

BISHIHUASHNEGXUE

一、繁芜往事都将化作尘土，与她一同长眠地底。

缠枝牡丹香炉轻烟袅袅，忽而飘来的凉爽夏风掀得嫩绿轻纱帷幔四处飞扬，时而遮蔽叶蔓的身影，时而轻覆在她肩上。

矮几上的茶汤已微凉，摆放在正中央的瓜果在丝丝缕缕阳光的照射下，散发出其特有的清甜果香。

叶蔓以竹签插起一块桃肉送入阿华嘴里，单手支颐，懒洋洋地望着优昙与晚樱。

晚樱与优昙身前各自摆了个巴掌大小的檀木盒，此时此刻她们谁都不曾说话，只是狐疑地盯着不断给阿华喂桃子的叶蔓。

直至一碟桃肉被食尽，叶蔓拿起手绢，替阿华拭去溅在嘴角的甜蜜果汁，方才抬起眼皮子，与那二人道："恭喜二位凯旋，略备薄礼不成敬意。"

叶蔓此话一落下，两人眼中疑色更甚，叶蔓见之，不禁掀唇一笑："二位不妨看看这盒子里究竟装了什么。"

优昙率先打开那木盒，却在瞧见盒中之物的一刹愣了愣。晚樱见状亦颇有些迟疑，停顿片刻，还是将那木盒打开，当视线聚集在盒中之物时，即便镇定如她，也忍不住心头一动。

叶蔓两颊笑意逐渐晕染开，左手中指在桌面轻轻敲动，一下一下，像是敲在了晚樱与优昙心弦之上。

优昙终于按捺不住，瞪大一双杏仁似的圆眼，怒视叶蔓："姓叶的，你究竟想要什么花招？"

优昙看叶蔓不顺眼已不是一两天，虽被叶蔓救了一命，但她仍对叶蔓喜欢不起来，早些年堵在心里的芥蒂已随着时间的推移深入骨髓。如今若再问一句她为何不喜欢叶蔓，大概连她自己也说不出个所以然，或许那种感觉早就形成一种习惯，让她无论如何都对叶蔓喜欢不起来。

相比较优昙这种莫名其妙的讨厌，叶蔓倒是显得洒脱得多，或许正如影所说，她本性薄凉，除却阿华，她对什么都不曾在乎过，甚至包括她自己的性命。

被人这般瞪着，叶蔓仍是没心没肺地笑着："大夏天的这般暴躁很容易上火呀。"

优昙眼中怒火更甚，就要爆发之际，晚樱适时发话："你想用赤霞丹换什么？"

正如晚樱所说，那两个檀木小盒里密密麻麻装了一整盒的赤霞丹。

桃花杀中秘制的寒毒与别的毒不同，并无一次性根治的解药，必须每月月底服用赤霞丹来压制寒毒。

"我想要大获全胜！"叶蔓的目光在这一瞬变得凛冽至极，让人无端想起了那柄携着雷霆之势的圣剑。

一想到圣剑，晚樱看叶蔓的眼神又多了一丝深意，她只觉自己越来越看不透叶蔓了，倘若当初救她们的那个黑衣人所说之话属实，那么那柄圣剑定然就在叶蔓手上。思及此，晚樱又突然想起公子卿当日所说："叶蔓这些日子与公子瑾交往甚密。"

倘若叶蔓真是在替公子瑾做事，很多东西自然就能讲得通，只是……晚樱不相信，叶蔓这种人会甘心替人卖命。

正如叶蔓一眼就能看出晚樱所求乃是自由，晚樱亦能一眼看出叶蔓所求。

晚樱犹自思量着，一旁的优昙赫然瞪大了眼，指着叶蔓道："你想让我们在明日的圣斗中给你放水？"稍作停顿，她又补了句，"所以，你想要得到少主之位？"

"才不是，"叶蔓捂着嘴吃吃一笑，随风乱舞的嫩绿帷幔再度遮蔽她的身形，只余她的声音与沉香炉里的轻烟一同飘荡散逸，"我所求乃是圣主之位！"

优昙倒吸一口凉气，仍是忍不住出言相击："你……真是好大的口气！"

莫说优昙，即便是晚樱都颇有些震惊，当年她虽隐隐猜到叶蔓觊觎圣主之位，却没料到叶蔓这么快就会下手。

叶蔓丝毫不将优昙的话放到心上，只问："你们究竟要不要做这笔交易？"

优昙低头权衡。这样的条件无疑让人心动，她却不知究竟值不值自己这般冒险。倘若叶蔓并无这个能力，她又蹚这浑水，等待她的定是荼罗的疯狂报复。

叶蔓看似一点也不急，嘴角挂着细若柳丝的微微笑意，看起来柔顺又惬意。

不比晚樱的沉着冷静，优昙早就按捺不住，她眉头紧紧皱起，声音中亦带着丝丝冷意："凭什么让我们信任你？"

叶蔓嘴角笑意加深，仍是一副漫不经心的样子，说话的声音却冷硬至极，无端让人心悸"你们都欠了我一命，怎还这么多废话？"

优昙面上一僵，叶蔓这话虽说得不好听，却也是事实，无论如何，她与晚樱都欠了叶蔓一个天大的人情。

见优昙面色变了变，叶蔓又开始不正经："啧，这么不经吓？我若真有意要挟你们，又何必拿出这两盒赤霞丹？"

优昙面色终于缓了缓，她仍是有些拿不定主意，撇过头去想求助于晚樱，却见晚樱已悠悠开口："除此以外，不知三年前你与我许下的那个承诺可否兑现？"说到此处，她稍作停顿，深深望了叶蔓一眼，方才继续，"我要你上位后即刻还我自由！"

"小事一桩。"叶蔓轻描淡写地应了句，又转眸望向优昙，"你呢？可还有附加条件？"

优昙思索良久，方才道："我要公子卿的性命。"

……

这本是一场充满鲜血的生死较量。天微微亮，练武场内就已人满为患，所有人都想早些过来占个好位置，谁让这是关系着桃花杀将来的大事。

这些年来叶蔓在桃花杀风头太盛,若不是三年前突然失踪的晚樱杀了浮生岛岛主凯旋,几乎所有人都要认定这少主之位无疑是叶蔓的囊中之物。

而今凭空冒出个晚樱,就有不少人倒向了晚樱那边。叶蔓风头虽盛,但她却明里暗里都在与荼罗作对。桃花杀终究是圣主的天下,不讨圣主欢喜,她叶蔓再厉害也只是个在圣主手下当差的曼珠芳主,圣主让她何时死,她却不得不死,更遑她还有个拖油瓶姐姐。

当日荼罗与晚樱所说的再有任务交给她,其实就是想让她夺到少主之位。

三年过去,当初从石室走出的十四个少女而今仅剩十个,其中还有一个是晚樱不认识的陌生面孔,晚樱侧头轻声问优昙:"那人是谁?"

优昙嘴角微微掀起,面露不屑:"当年在石室中想杀叶蔓,却被我捅了一刀的那位。"

经优昙这么一说,晚樱倒有些印象,却没想到她非但没死成,反倒摇身一变成了桔梗芳主。

而今桃花杀虽还剩十位芳主,但有资格竞争少主之位的也不过四人,分别是叶蔓、晚樱、优昙以及那个凭空冒出来的桔梗。

击鼓声赫然响起，端坐圣主之位的荼罗在白衣侍女的搀扶之下起身高唱颂文，分散坐于她两侧的楚国四大公子皆面露不耐之色，百无聊赖地等她念完这枯燥绵长的颂文。

　　击鼓声在荼罗发出最后一个单音节时戛然而止，叶蔓与其余三位芳主同一时间踏上高台，抽取荼罗手中的签。

　　比斗分作两组，由抽签决定与谁对决，叶蔓本与优昙一组，优昙却斜着眼瞥了叶蔓一眼，直接将那宣纸做的签丢在地上，懒洋洋地打了个哈欠，有些心不在焉："不必再斗，我自然比不赢她，不想就此丧命。"

　　此话一落下，除却明显松了一口气的公子卿，在场观看者皆一脸茫然，连叶蔓都忍不住抽了抽嘴角，而优昙却在这种情况下悠然自得地踱步下台，留给世人一个孤傲的背影。

　　优昙本就不好把控，碍着公子卿的情面，荼罗也无法去整治她，她主动放弃于荼罗而言倒是桩好事。

　　荼罗神色无一丝波动，只与叶蔓道了句："你先下去候着。"

　　按照以往的惯例，这所谓的圣斗被分作三项：先是斗品貌，再是斗才艺，最后方才是杀斗。前两项比斗倒是容易理解，从字面上就能看出是怎么一回事，至于这杀斗，确实是真刀实枪地上去比画，丧命在这高台之上的芳主不计其数。正是为了减少伤亡,才会把原本最重要的一项比斗排在最后,若有人能一举赢得前两项,则胜出,不必再比最后一项,从而留住一人性命。

茶罗所求并不在此,如若可以,她不仅要将晚樱推上少主之位,还要让她一并取走叶蔓的性命!

于是她掀唇一笑,与在座的四大公子提议道:"今年不如省去前两项,直接进入杀斗?"

楚国虽有四位公子,但真正掌权的却只有公子卿与公子瑾,其余二人说是用来做摆设的也不为过。

也不知公子卿与一袭黑袍的"公子瑾"打着什么算盘,只见他们隔着人群遥遥对视一眼,竟就这般应允了,着实让人意外。

台下战鼓再度响起,燥热的风不断刮过脸颊,晚樱眉眼低垂,那支碧绿的竹笛已然被抵在唇畔,桔梗身前"嗡嗡"飞舞着数十只长着尖锐尾针的马蜂。

晚樱的音蛊术可谓是登峰造极,桃花杀上下几乎无人不知,相比较而言,这个凭空冒出来的桔梗则几乎无人知晓,甚至还能听到有人在台下低声耳语,道:"这桔梗芳主是不是有些傻?明知道晚樱芳主的音蛊术可控万物,还整了一群马蜂来自残?"

也有人把桔梗视作黑马,说出的话语还算是客观:"此女既然能在短短三年间一跃成为芳主,就自有她的过人之处,更遑谁人不知晚樱芳主擅音杀?"

台下众人窃窃私语不绝于耳,台上二人浅笑对决,岿然不动。

战鼓声渐断,晚樱率先出击,只闻笛音哀怨缠绵,其间又夹杂着几声破音,"刺啦"一声划破苍穹,犹如一把破风而来的利刃,仿佛顷刻间就能扎破人耳膜。

换作寻常马蜂,早就被这笛音给扰了心智,这群马蜂却仍稳稳当当地飞着,不断在空中变换方阵。

晚樱眉头微蹙,有一瞬间的迟疑,桔梗却捕捉到这个机会,右手食指与拇指交叠放入口中,吹出尖锐的哨音,马蜂一拥而上,直逼晚樱面门。

好在晚樱有所防备,广袖一挥,将那些马蜂尽数扫落在地,却在再度将竹笛抵在唇畔之时察觉后颈一痛,竟有只马蜂神不知鬼不觉绕到她后颈,将那尖刺猛地扎进去。若不是她恰好低了低头,想必这一击就会正中哑门穴,不死也得昏厥。

晚樱瞳孔骤然紧缩,她只觉脑袋一阵眩晕,站也站不稳,一连打了好几个踉跄,终于栽倒在地,目光迷离地看着桔梗步步逼近。

晌午的阳光最是炙热,桔梗手中的绕指柔折射着光,映在晚樱脸上一晃一晃的。

台下与叶蔓一同观望的阿华满脸紧张，捏住叶蔓胳膊的手掌冷汗涔涔，絮絮叨叨不停念着"阿蔓，阿蔓，她会不会死？会不会死？"

此时此刻叶蔓也不能确定晚樱能否撑过去，那马蜂的尾针显然淬过毒，她甚至都有些怀疑那些马蜂是否为活物。

叶蔓轻轻拍打着阿华的背，低声安抚："大抵……不会。"

这短短一息仿佛被拉得无限长，所有人的目光都聚集在台上，无人发觉叶蔓手上紧紧攥了根寒光闪闪的银针。

近了，近了，近了……

桔梗这一路越走越慢，像是刻意拉长了死亡的时间，直至距离晚樱仅剩一步之遥，她居高临下地望着全身软绵瘫倒在地的晚樱，阳光在她头顶晕染出大团光晕，破风声划破虚空，呼啸而来……

刺耳的笛音突然在这一刻响起，掀起一阵强烈音波，排山倒海的能量自晚樱唇畔发散，桔梗的眼睛瞬间失去焦距，像尊蜡人似的僵在原地。那笛音却在桔梗僵住的一刹那戛然而止，取而代之的是一道闪着幽幽蓝光的剑影。

"扑哧！"

鲜血迸溅，桔梗本无焦距的眼睛里聚起了一丝微光，她眼神复杂至极，有茫然、有惊慌，甚至还有一瞬间的绝望和怨恨。最终那些繁杂的情绪纷纷散去，她眼睛里只余一片死寂，那些繁芜往事都将化作尘土,与她一同长眠地底。

二、八匹通体雪白的骏马拉着一辆极尽奢华的金丝楠木车辇,端坐车辇之上的叶蔓面无表情。

这一战晚樱赢得彻底,喝彩声霎时间如雷鸣般响起。

有人不解晚樱怎能在一瞬之间就扭转局面。

有人在高声喧哗,成为事后诸葛。

不动声色将银针收回的叶蔓拍了拍阿华的脊背,笑了笑:"这下你该放心了吧?"语落,目光深沉地望着台上桔梗尚未凉透的身体,桔梗虽已断气,但那群被晚樱拍落在地的马蜂仍嗡嗡响个不停,甚至有些被折断了翅膀还在飞行。

终于有人察觉不对,惊呼出声:"这群马蜂竟是傀儡!"

此话一落下犹如巨石沉海激起千层浪,现场瞬间沸腾,所有人都在惊叹,世上竟还有如此精妙的机关傀儡。

唯独晚樱神色淡然,抚着不停渗出血水的后颈,跌跌撞撞地下了高台。

即便晚樱受了如此重的伤,她都要按照惯例,再度与叶蔓对决,听起来会让人觉得不公平,而桃花杀的创始者却曾说过:"运气亦是实力的一部分。"

不过吞服几颗丹药,练武场上又有战鼓声响起。

这下,几乎所有人都认定了叶蔓将胜,即便是荼罗都不禁面露担忧之色,她着实未料到桔梗手中竟有如斯利器。一想到叶蔓即将胜出,坐上少主之位,她就一阵心烦意乱。

坐在她左侧的"公子瑾"似乎看出她的顾虑,不咸不淡地道了句:"看来圣主颇为属意晚樱。"

"公子瑾"一席话让她心中警钟响起,即刻敛去流露在面上的情绪,她道:"公子说笑了,每个孩子都是本座一手带出的,本座又岂会偏此薄彼?"

"哦。""公子瑾"状似随意一笑,又集中精力望向立于高台的二女,不再言语。

反倒是坐于荼罗右侧的公子卿微微皱起了眉,不着痕迹地打量着"公子瑾"。

叶蔓与晚樱踏着鼓点一同登上高台,互敬一礼方才分别站至练武场两端。

晚樱广袖一抖,手中突然多出一支翠绿的竹笛,婉转的笛音流水般溢出音空,在场之人听了笛音,只觉心中豁然开阔,一股凌云壮志油然而生。

正当众人轻叹晚樱音蛊术高明之际，令人震惊的一幕随之而来，只见天边忽而移来几个黑点，待到那些黑点拉近，才发觉竟是几只乌鸦，摇摇坠坠地飞来，绕着叶蔓不停旋转。

莫说是台下观看之人，即便是叶蔓都觉震惊，她拧着眉观看许久，方才一脸嫌弃地撒了把毒粉，只听台上传来"嘎嘎"两声怪叫，就见那几只乌鸦"扑通扑通"落了满地。

台下观看者一脸莫名，晚樱的笛声恰巧在此时停了下来，她双手握拳，对叶蔓行了个拱手礼，沉着嗓子道："晚樱认输。"

场下一片哗然，端坐主位的荼罗更是气得脸色发青。

晚樱这水虽放得明显，却又在所有人的情理之中，毕竟她身负重伤……只是那些观战之人仍是觉着有几分扫兴，真是有种说不出的憋屈。

晚樱不顾众人失望的目光，缓步走下高台，只余叶蔓一人独自立在高台上发愣。直至脸色黑如锅底灰的荼罗前来为她加冕，她飘飞的思绪才被拉回，她似笑非笑地望着荼罗的眼睛，赫然打断荼罗的动作："不知叶蔓可否与圣主一战？"

除却早就知情的晚樱与优昙，所有人都在一瞬之间变了脸，一袭黑衣的"公子瑾"嘴角却微微勾起，绽出一丝细若柳丝的笑意。

聚集了所有人目光的荼罗却是一派平静，丝毫不觉意外，像是早就料到会发生此事。

她嘴角微微翘起,声音清浅至极:"如你所愿。"

这一战几乎所有人都不看好叶蔓,只当她狼子野心,翅膀尚未长硬就想飞。

叶蔓与茶罗这一战定在翌日清晨。

战鼓声第二次响起,叶蔓方才穿越人海姗姗走来,初晨的阳光穿透树梢,洒落在叶蔓身上,将她身影拉得无限长。今日的她褪去一身华服,穿了件素雅的窄袖交领襦裙,背上还背了根以黑布包裹的长条状物体。

茶罗连眼皮子都不曾抬一下,依旧窝在主位上逗弄她的鸳鸯眼猫儿。

直至叶蔓跃上高台,战鼓声第三次响起,叶蔓方才放下自己的白猫儿,拖着华艳的裙裾缓步走下台阶,站立高台之上。

圣主地位超然,自然不必再去执行刺杀任务,如此一来,几乎历任圣主都会在登位不久后学些功夫,茶罗自然也不例外,这也正是所有人都不看好叶蔓的最大原因。

两人迎面对立,茶罗越发漫不经心,掀起眼皮子懒懒看了叶蔓一眼,做了个"请"的姿势,让她先发招。

叶蔓自然不会客气,只见她一把掀开裹住背后长条物体的黑布,抽出一把蕴含雷霆之势的长剑，猛地往前一挥！

"轰！"响彻云霄的轰鸣声接二连三地响起，顷刻间，高台之上已化作一片紫气奔腾的池沼，台下再无任何声音，只余那震耳欲聋的雷鸣声不断回荡。

紫气散去，哪里还有荼罗的身影，初晨的风吹过，竟是连渣也不剩。

四周一片寂静，甚至连落叶的声音都清晰可闻，叶蔓勾了勾嘴角，截断这死一般的寂静。

"一切都已结束。"

雷鸣般的掌声混杂着喝彩的声音如潮水般涌来，只听圣剑发出一声悦耳的剑鸣，"噌"的一声被叶蔓收回剑鞘，在众人的注视下一步一步登上阶梯。

那蜷在主位上小憩的鸳鸯眼波斯猫霎时睁开双眼，扬起脖颈乖顺地在她手上蹭了蹭。叶蔓微微挑眉，一把拎住它后颈，捞入怀里，低声轻语："你一连跟了三个圣主，倒是恩宠无限。"

波斯猫自然听不懂她的话语，只"喵喵"叫唤着，在她怀里蹭来蹭去。

新圣主上位当日便是圣女节，狂欢自午时一刻延续到子时三刻，彻夜不设宵禁。

"十里桃花,执剑美人华,薄刃染血东风杀,金戈斩铁马……"

两排着粉白襦裙的少女手捧鲜花,低低吟唱古老而苍凉的歌谣,八匹通体雪白的骏马拉着一辆极尽奢华的金丝楠木车辇,踩着花瓣铺就的地毯缓缓前行,端坐车辇之上的叶蔓面无表情地接受着众人的参拜。

若有似无的花香在鼻尖萦绕,混在人群里的阿华朝车辇里的叶蔓招了招手,刚要喊出声来,就被晚樱瞧见,赶紧捂住了她的嘴,压低了声音哄着:"阿华乖乖,别闹。"

阿华这才想起叶蔓临走前叮嘱她的,定要听晚樱的话,绝不能乱来。她心中虽不大情愿,但还是瘪了瘪嘴,不再作声,就这样眼睁睁地看着叶蔓的车辇越行越远。

夏日里微热的风吹来,卷落堆积在树梢的繁花,轻轻擦过叶蔓脸颊,她的视线顺着纷飞的花瓣移动,最终落在一个着苍青色长袍的男子身上,露出一丝意味不明的笑。

"恭喜你又获一员猛将。"优昙略显冰冷的声音突然响起,拉回公子卿飘飞的思绪。

从叶蔓身上悠悠收回视线的公子卿摇摇头苦笑:"事到如今你岂会不知她是瑾的人?"

优昙并未回答这个问题,又侧目看了眼渐远的车辇,她神色不变，微微勾着嘴角，凉凉一笑："你莫不是嫌自己命长了，才将我约出来寻死？"

公子卿像是无奈至极，他揉了揉突突跳动的太阳穴，竭力克制住怒火，试着让自己声音显得柔和："你究竟要与我置气到几时？"

"嗬！"回复他的仍是一声冷笑，她的声音咬牙切齿、一字一顿，每个音节都像从牙缝里挤出来似的，"除非我多能活过来！"她漾在唇畔的笑逐渐散开，却像针扎一般地刺眼，"我们再也回不去了。"

她的笑声肆意而张狂，转身离去的那一刻，那串禁步赫然被她甩了出来，在虚空中划出个惊心动魄的弧度，猛然坠地。

这次公子卿再也没追出去，立于他身侧的影卫低声询问："主子，属下……"

公子卿望着那串散落不成形的禁步，久久不语。

半晌以后，那影卫才听到公子卿无比疲倦的声音："退下吧，从此……不必再扰。"

三、你可曾爱过一个人，又可曾痛恨过那个被你所深爱的人？

建元三十四年夏，圣女曼珠即位之夜，东方天际突生异象，彗星四见，五星聚于楚地，百姓皆惊慌，圣女的车辇被迫撤离。

子时三刻，楚国朝堂之上。

大腹便便的左侍郎义正词严，非说叶蔓与早已作古的桃华同是妖星荧惑转世，力荐楚王撤去叶蔓圣主之职。

左侍郎本就是公子卿党羽，他这般诋毁叶蔓自是公子卿授意。

右侍郎亦上前一步，口中振振有词，曰："三百年前大楚统一中原之时，东方天际亦现此天象，岁星行于楚地，是我楚国崛起之吉兆！是王上您的受命之符啊！"

双方争论不休，从左右侍郎之争演变至两派党羽之争，年迈病重的老皇帝在这喋喋不休的纷争之中咳出大摊鲜血，被迫退朝。

建元三十四年夏，楚淮王病重驾崩，却未立下遗诏，本该即位的大公子避开锋芒，王位之争落至公子瑾与公子卿身上。同年夏末楚国爆发内战，公子卿盘踞东南沿海地段，公子瑾掌控桃花杀，一路披荆斩棘直捣黄龙。

公子卿阵营中的谋士将领接二连三暴毙，溃不成军。

是夜，长风拂过桃林，影影绰绰现出林中丽影。

着一袭鹅黄齐腰襦裙的优昙坐在桃树下，定定望着石桌上的青梅酒。

优昙嗜甜，食不得一点酸，即便是微酸的青梅酒她都咽不下。

桃林中又有人影晃动，绯红的桃花像雪一般簌簌落下，浅酌一口青梅酒的优昙赫然抬起眼帘,却见红衣猎猎的叶蔓分花拂柳而来。

叶蔓嘴角微微扬起,眼神中依旧透露出丝丝调笑之意:"大战在即,你竟独自跑来喝闷酒。"

优昙浑不在意地笑了笑,斟满一盏酒推至叶蔓身前:"你可要来一杯?"

"不了。"叶蔓连忙摇头,笑着道,"若被他知道我开战前喝了酒,还不知得啰唆多久。"

优昙自然知晓叶蔓口中的他是何人,只是从叶蔓嘴里听到这种话,越发觉得盏中青梅酒酸涩。

她的反常又岂能逃过叶蔓的眼睛,叶蔓即刻敛去流露于表的小女人姿态,凝声问道:"你究竟是怎的了?"

优昙缄口不语,一盏一盏往口中灌那酸得她睁不开眼的青梅酒。

优昙本就不胜酒力,不过须臾就已醉醺醺,两眼昏花,整个世界都叠上一层重影。

叶蔓看不下去,夺走她手中的杯盏,没好气地道:"你究竟是疯了还是傻了?"

优昙醉醺醺地趴在桌上,一双迷离的眼直直望着叶蔓:"大概是又疯又傻吧。"

城楼外又有号角声响起,优昙茫然起身,被酒意浸染成绯红色的脸流露出几许复杂情绪,半晌以后,那种让人看不透的神色方才散去,她颤抖着声音:"而今战况如何?"

叶蔓不知她这一问有何用意,如实道:"公子卿被困郾城下,已无力回天,不出两个时辰我军定能一举获胜。"

优昙像是失了魂,叶蔓的声音尚未落下,她人已扎入密不透风的桃林中。

乌云层层叠叠堆积在天际,仿佛要压得人喘不过气来,凛冽的风像刀子一般刮在脸上,优昙跌跌撞撞地跑上城楼,遥遥望向那孤立无援的年轻将领。

叶蔓急忙追来,却见优昙从荷包里掏出半块残破的雕花玉。

擦破耳郭的风声把优昙的声音扯得支离破碎,叶蔓聚精会神去听,才依稀从震耳的厮杀中分辨出她的声音。

她说:"你可曾爱过一个人,又可曾痛恨过那个被你所深爱的人?到头来却发觉,终究是爱比恨更多一些。"

她目光穿透夜色飘向遥不可及的远方,最终定格在十二年前,丽水城朦胧的烟雨中。

那时正值清明,迎面吹来一阵杨柳风,连绵不绝的杏花雨里,优昙哭红着双眼,抱着公子卿的大腿喊娘亲。

彼时的他还是个十来岁的少年，又岂见过这般架势，只好耐着性子来哄她："我乃男儿身，又岂会是你娘亲？你家爹爹在哪里？我送你回去。"

"不，不，不，你就是我娘亲，就是我娘亲！"她哭闹声越发大，糯米糕似的小脸皱成一团，活似颗圆溜溜的汤圆。

他无奈扶额，莫名觉着与这小姑娘说不清，与藏匿在人群中的影卫使了个眼色，让其赶紧买包白糖糕过来。

得到白糖糕的她仍是不撒手，睁大一双湿漉漉的眼睛望着他，嘴里嚼着白糖糕，声音含混不清："你真不是我娘亲？"

他真不知该如何与她解释，只能不停重复着那句："我乃男儿身，你娘亲是女儿身，我们自然是不同的，既然不同，又岂会是你娘亲？"

她似懂非懂地点了点头，末了，又赶紧摇头，声音又甜又糯，仿佛有颗滚烫的汤圆在喉间滑过："好吧，或许你真不是娘亲。"

她终于松开了手，他如蒙大赦，尚未来得及喘息，她又扑了上来，一把抱住他的腿，仰起头来，目光定定望着他："那弦儿送你一样东西可好？"

他无奈地叹了口气，只得问道："你想送我什么东西呢？"

"喏，就是这个！"她眉眼弯弯，眼睛眯成月牙儿，双手高高举起，粉白的手掌上赫然躺着一串女子用以做腰饰的禁步。

看清她手中所举之物后，他嘴角抽了抽，又想与她解释，自己乃是男儿身，并非女子。

尚未出声，她却已踮起脚，将那串禁步系在他腰带上，声音又软又糯："爹爹说，娘亲去了很远很远的地方，它会替代娘亲一直陪伴弦儿。现在弦儿把它送给你，你是不是就能代替娘亲一直陪伴着弦儿呢？"

……

狂风在耳旁不停呜咽，厮杀声不知何时停了。

一身戎装的公子卿迎风立于城楼下，夹杂着血腥气息的风扬起尘沙，旋转着落在他脚下，他自腰间掏出一串残破的禁步捂在胸前，他的视线穿透漫天飞舞的黄沙，落至优昙身上。

他的唇在微微嚅动，溢出唇角的话语却被迎面刮来的风吹走，无人知晓他究竟在说什么，只知他将那串禁步攥得很紧很紧，仿佛要嵌进肉里一般。

鲜血毫无预兆地喷洒而出，染红一地黄沙。

四周有一瞬间的寂静，下一刻便是震耳欲聋的欢呼声，无人发觉优昙已然爬上城墙。

风呼呼地灌进她鹅黄色的衣裙，她轰然从空中坠落，仿似一只蹁跹欲舞的夜蝶。

不断坠落的过程中，那些过往犹如零散的画卷般在她脑子里铺展开。

又有血色漫上城墙,浓郁的血腥味被风撕扯开,散逸在空气里。欢呼声在她坠落城墙的那一刹那戛然而止。

叶蔓自尘沙中走来,仰头止住即将决堤的泪,掰出被优昙紧捏在手心的半块雕花玉,拭去上面的血迹,与公子卿手中的禁步拼凑在一起。

叶蔓缓了很久,终是将那白布覆在了并排而卧的两人身上,侧身与一身戎装的"公子瑾"道:"将他们合葬了吧,兴许来世他们还能再遇上。"

四、只要你能活下去……

公子卿战败郾城,长达两年的内战终于停歇,楚国上下本以为能得以喘息,晋国却想借此机会攻打楚国,一时间楚国成了块人人觊觎的肥肉,邻近的越国虽早有图谋,却不知何因,一直按兵不动。

半月后,姜国骠骑大将军亲自护送使者前来楚国。

却见那使者掀去臃肿的斗篷,现出婀娜身姿,竟是有倾城第一美人之称的王姬姒姜。

"公子瑾"显然未料到姒姜会在此时现身,他深深望其一眼,便转身与叶蔓道:"我有事与王姬相谈,你先带阿华出去玩玩。"

叶蔓本不大愿意出去,却又不好拂了"公子瑾"的面子,即便深知姒姜此番赶来定对影有所图谋,她仍是退了下去,带上房门的一瞬间,似隐隐约约听到姒姜的声音:"想不到你们楚国圣女竟有如此花容月貌。"

影无一丝波澜的声音穿透门缝传来:"不及王姬风华绝代。"

余后他们究竟说了什么,叶蔓不得而知,她牵着阿华的手,穿过两侧开满桃花的长廊,回到自己寝殿。

那只鸳鸯眼的波斯猫莫名寻不到踪影,她原本想抱来让阿华给顺顺毛,寻了一圈都不见半根猫毛,索性作罢,折了根桃枝,与阿华玩起桃花仙子的游戏。

天色渐黑,眨眼就到用晚膳的时间,她牵着阿华去膳房,却见姒姜早就坐在她平日所坐的席位,怀中正抱着那只鸳鸯眼的波斯猫,与影谈笑风生。

叶蔓莫名没了食欲,一双眼睛不断在影身上扫视,却听他道"圣主瞧着面色不大好看,不如本王遣人送些吃食到你宫中去。"

他这话分明就是在赶人,叶蔓狠狠剜了他一眼,终是强行压下这口恶气,嘴角微微勾起,轻描淡写地瞥了姒姜一眼,方才道:"那好,本座要你亲自送。"

她话音才落下就牵着阿华掉头走,影亦不置可否,低低垂着眼帘,叫人猜不出情绪。

回到寝宫的叶蔓越想越觉得来气,又与阿华玩耍了一番,竟不知不觉睡着了。半梦半醒间,似有人站在她床边轻抚她脸颊,叶蔓赫然睁开眼,却被那人猛地拉入怀中,他说:"姜国答应借我十万精锐,我明日就要出征。"

叶蔓本还有一丝睡意,听影这么一说,竟是连最后一丝睡意都给弄散了。她冷着脸将影推开,沉声质问道:"今日之事你最好与我解释清楚。"

最后一个字才溢出口腔,叶蔓便觉唇上一暖,影竟不知何时贴了上来,灵巧的舌撬开她牙关,与她交缠在一起。

这一吻不知究竟持续了多久,久到她连呼吸都感到困难,嘴唇隐隐发麻。

又过了几秒以后,他方才起身,定定望着她:"无论如何你都要相信我。"

微凉的夜风在雕花门被打开的一刻轰然涌入房间,带着春夜里特有的湿润气息,叶蔓看着门被渐渐合上,一点一点掩去影的身影。

清透的月光穿透窗格,团出斑驳的光点洒落在光滑的黑曜石地板上，叶蔓怔怔坐在床沿发了会儿呆。

躺在内侧的阿华不知何时睁开了眼，抱住叶蔓的手臂蹭了蹭："睡觉，睡觉。"

叶蔓揉了揉她睡成一团杂草的发，又卷着被子躺下。

今晚注定是个不眠之夜。

叶蔓不知自己究竟在何时睡着，只知自己醒来之时已至晌午。

她习惯性地翻了个身，胳膊往里面一捞，却什么也没捞到，她不禁心中骇然，思忖着，阿华这懒虫竟也有比她起得早的时候？

彼时的她尚未多想，又赖在床上躺了会儿。

直至她意识完全清醒，方才爬起来，穿戴整齐去找阿华。

风穿过迂回长廊，吹落一地乱红，叶蔓不停在其中穿梭，行走的步伐亦越来越快，越来越急。

不在膳房，不在长廊，不在赤染殿内逗猫……叶蔓越来越紧张，一颗心跳动得厉害，几乎整个下午她都在寻找阿华，调动整个桃花杀内的侍女寻找近两个时辰，方才得到消息，阿华在某处桃林中。

得知消息的她再也顾不上什么，径直往阿华所在的方向跑去。

甫一赶到，首先映入眼帘的是这样一番景象。

桃林遮天蔽日，发丝如雪的阿华犹自枕在一袭素衣的姒姜腿上睡觉。

桃花，美人，何其赏心悦目。

叶蔓心中却骤然敲响了警钟。

阿华向来警觉，即便是晚樱也都花去近五年的时间才与她亲近。

叶蔓绝不相信，阿华会这般轻易地去相信一个陌生人。

叶蔓踟蹰不前，静坐桃花树下的姒姜却有了动静。

只见她拈起一瓣落在阿华发上的桃花，抬起眼眸，似笑非笑地望着叶蔓："素闻圣主有个痴傻的姐姐，真是百闻不如一见，当着她的面在食物里下了蛊，竟也就这么吃了下去。"

她嗓音动人，声线极柔，明明是恶毒极了的话语，从她口中说出，却像说情话一样甜蜜。

虽是早有预料，但叶蔓仍是忍不住心头一悸，却强压住心中的愤怒静观其变。

立于姒姜身侧的婢女，像是在刻意配合姒姜的话语，立即打翻一碟糕点，精美的点心落在铺满碎石子的地上，发出沉重的声响。

四周突然变得很静，只有不停穿过桃林的风拨动桃枝，发出细微的沙沙声响。

姒姜及时出声，打破这无端令人感到不安的平静，虽是责备的话语，语气中却无一丝怒意，倒像是在与那婢女一唱一和的演戏。

姒姜话音才落，那精美的糕点中就密密麻麻地爬出一摊暗红色的蛊虫。

将一切都看在眼里的叶蔓倒吸一口凉气，她一连深吸了好几口气，方才稳住心神："不知王姬此举所为何事？"

姒姜神色不明，似在笑，笑意却只浮在表面，她眼中似有无限柔情，动作轻缓地又替阿华扫去一瓣随风飘落的桃花，方才悠悠道："圣主乃是我姜国诸暨叶家后裔，想必不仅擅使毒，而且什么毒都能解，就是不知能否解这穿肠蛊？"

叶蔓在心中反复咀嚼着姒姜的话，眉头紧紧皱起，仍是道："不知王姬此举所为何事？"

"所为何事？"姒姜无意识地挑了挑眉，声音就像浸了蜜糖一般甜腻，"本宫闲着无聊，在你这桃花杀里逛了逛，发现东苑有口枯井，于是突发奇想……"说到此处，她刻意停顿一番，一双杏仁般的大眼不怀好意地扫视叶蔓一圈，方才继续，"想知道神通广大的楚国圣女究竟能在那枯井里活多久。"

叶蔓眉头紧拧，开口试着询问："你想要我死？所以，我若投了井，你便能放了我阿姐？"

"谁说的？"姒姜突然嗤笑出声，眼波一转，甩给叶蔓一个白眼，

"你有何资格让本宫放人？"

叶蔓尚未来得及反应，刚想后退，就觉后颈一痛，两眼一黑，此后再无记忆。

再度醒来，她发觉自己已经身处枯井之中。

她身上并无明显的伤痕，亦未感受到任何疼痛，想必并不是被直接扔下来的。

她而今所处的地方，说是一口枯井却也还未干透，惨碧的井水没过小腿，头顶阳光直晒，一晃一晃地照得她睁不开眼。

足足过了两秒钟，她方才适应这样的光线，透过层层光晕，她终于看清头顶站在井边的人，不禁厉声呵斥："本座乃是楚国圣主！你这般对本座，是想对楚国宣战？"

叶蔓这番话听似威严，却让姒姜觉得好笑至极："楚国若真还在乎你这圣主，本宫岂能如此光明正大地将你带走？"说到此处稍作停顿，"那你又可知道昨日瑾哥哥与本宫说了什么，我姜国借他十万精锐的条件又是什么？"

叶蔓沉默，姒姜的声音刺耳之极，字字锥心："啧啧，果然瑾哥哥什么都不曾与你说。"

姒姜即便不说，叶蔓都能大致猜到，无非就是联姻，让楚王娶姜国王姬为后。

这些年来即便是叶蔓也不知道，她与影究竟是种怎样的关系，究竟是君与臣，还是纯粹的恋人？她是真的弄不清。

正因她心中没底，所以索性保持沉默，任凭姒姜如何舌灿莲花，叶蔓都不再作答。

见叶蔓像死人一样没点反应，姒姜着实觉着无趣，顺手往井中砸了几块石子后，头顶便再无动静。

叶蔓登上圣主之位后本是打算向影学些内功心法的，然而却碰上连绵不休的战乱，直至今日方才有喘息的工夫。

三年过去，她仍是那个不会一点武功的叶蔓。

即便如此，叶蔓也不能容忍自己就此窝在枯井中坐以待毙。她当即抽出插在发髻里的绕指柔，想将其插入井壁，顺着向上爬，奈何这长满青苔的井壁太滑，她又将近一日都未进食，四肢虚软无力，无论如何都爬不上去，最终只能颓然地坐在那摊惨碧的污水里，茫然地望着头顶那方湛蓝的天空。

她不知自己究竟在这枯井中耗费了多少时间，天渐渐暗了，尚未入夜，叶蔓便感受到一股凉意自脚底升起，随着血液的流动而遍布四肢百骸。更要命的是，她整整一日未进食，饥饿与寒冷在她体内汇聚成一股强大的力量，不断撕扯着她的身体。

当她被饥寒交迫折磨得心力交瘁之际，头顶突然传来一道亮光，她下意识地抬头望了望,却见头顶"扑通"一声掉下个热乎的白面馒头,而后姒姜来了,她柔媚的声音飘荡在枯井上方。

她说:"你被困于一方枯井倒是真可惜,方才瑾哥哥出征了,一身戎装好不威风。"

叶蔓手中动作一顿,愣了愣随后又恢复平静,仍是对姒姜不搭理。

一直趴在井边观察叶蔓神色的姒姜终于按捺不住,某一瞬间她的神色突然变得十分狰狞,一扫往日的甜腻,声音却是一如既往的柔媚,仿佛在与情人喃喃低语,她说:"你别急着啃馒头,快瞧瞧我带来了谁。"

叶蔓手中动作又是一缓,身子在微微轻颤,却竭力控制自己,不让自己流露出太多的情绪。

头顶有一束亮光打来,刺得叶蔓睁不开眼,待到她完全适应这样的光线时,终于看清被姒姜拽住头发往井边拖的阿华。

即便隔着一定的距离,她仍能清楚地看到姒姜面上近似怨毒的笑以及阿华强忍着不曾落下的泪。叶蔓张了张嘴,想开口喊一声"阿姐",堪堪发出一个单音节,就被姒姜的声音盖过,她说:"看,你阿姐也醒了,她现在过得可滋润了,比你这妹妹强上一万倍,想不想让她来代替你,嗯?"

这一瞬间叶蔓只恨自己无能,开始抑制不住地开始全身颤抖,她试图张开嘴与姒姜进行交谈,声音一出口就已化作哽咽。

被按住脑袋、趴在井边的阿华双目圆瞪,霎时发出一声嘶吼,她一声又一声地叫唤着叶蔓的名字,尖锐而嘶哑的声音,仿若爬满锈痕的刀刃,"刺啦"一声划破寂静的黑夜。

看足了好戏的姒姜终于不过轻咳一声,就有人自黑夜中走出,意图掰开阿华紧紧抠住枯井边沿的手指。

深夜的风中飘浮着极淡的血腥味,阿华咬牙切齿,竭力挣扎。

姒姜终于失去了耐心,她神色凛冽,冷冷出声:"掰不开就把手砍了。"

"不!"叶蔓赫然惊叫出声,"阿姐乖乖,听话,快些松开手。"

没有人说话,回答她的只有不断在头顶肆虐的风声和阿华一声又一声低沉的呜咽。

阿华终究是松开了手,她却仍觉心如刀绞。

往后日日如此,叶蔓独自一人在枯井中待了十日。每日入夜叶蔓都能得到个温热的白面馒头,姒姜总会在这个时候领着阿华来与叶蔓说影的最新战况。

起先她对影仍抱有希望,渐渐地,她已不明白何为希望。

她的希望和斗志被那日复一日的折磨消耗殆尽，她想，她终究是信不过一个一心争夺权势的男人。

　　从前的爱早就被这惨碧的枯井之水浸染成了无尽的恨意，汲取着她的怨念，长成一棵参天大树。

　　为何还不来救我……

　　为何还不来救我？你说，这样的我又该如何信任你？

　　第十一日入夜之际，姒姜又领阿华来"探望"叶蔓，这次阿华再也按捺不住，即便被绑住手足，仍是扑上去咬了姒姜一口。

　　姒姜怒不可遏，反手一巴掌甩在阿华脸上，"啪"的一声脆响，久久回荡。

　　阿华死倔着没哭出声，豆大的泪珠聚在眼眶中打转，只狠狠瞪着姒姜，像只狼崽子一样。

　　姒姜这次非但未发怒，反倒抿唇一笑。

　　立在枯井中的叶蔓见姒姜无任何反应，心中越发感到不安。果不其然，未过多久，姒姜便笑着与叶蔓道："你孤身一人在枯井中待着未免乏味，本宫想出了个好玩的游戏。"

　　叶蔓一脸警惕，下一瞬，姒姜便道："不如让她一同下来陪你？"

　　"不"字尚未说出口，叶蔓便觉头顶有风袭来，阿华尖叫着落入枯井，井中一片死寂。

一切来得太快，叶蔓始料不及，待她意识到究竟发生何事之际，什么都已经晚了。

她再也抑制不住，仰头对立于井侧的姒姜破口大骂。

无人回复她，姒姜狂笑而去。

这口枯井算不上太深，却也不浅，这般被人推了下来，阿华就这般摔了下来，自然伤得不轻。叶蔓连忙抱住她，低声询问："掉下来疼不疼？"

明明察觉到自己的腿骨已然断裂，阿华却生生把眼泪往回憋，钩住叶蔓的脖颈，在她肩上蹭了蹭，声音却在微微颤抖："不疼，阿华不疼。"

叶蔓声音哽咽，揉了揉阿华乱糟糟的发："阿华真乖。"

姒姜像是忘记了叶蔓与阿华的存在，第十二天入夜的时候她迟迟都未出现。叶蔓早就饿习惯了，还算受得住，阿华却不同，向来坚韧的她竟饿得窝在叶蔓臂弯里流泪，叶蔓只觉心如刀割。

第二日清晨，叶蔓刚刚睡醒，头上便掉下个白面馒头，她笑着摇醒仍在呼呼大睡的阿华："瞧，热乎的白面馒头，"说着便分出半个馒头塞入阿华手中，"趁热赶紧吃。"

第三日只有半个馒头投入枯井，叶蔓心中凉了半截，她知道，似姜想活生生饿死她们，想看她与阿华互相残杀。

她再度摇醒阿华，将那半个白面馒头塞入阿华手中。

阿华略有些迟疑，定定望着叶蔓，叶蔓只笑着道："看着我作甚，我早就把自己那份吃光光了。"

阿华心思单纯，不疑有他，就着井底惨碧的井水将那半个白面馒头咽了下去。

到了深夜，寒意更甚，阿华仍是饿得受不了，叶蔓只得抱着她，轻声哼唱姜国的童谣来哄她入睡。

这些日子阿华格外嗜睡，掉下来的第四天她睡了整整一日。枯井之上无人来投食，她也没被饿醒，叶蔓察觉不对，把手抵在她额上才发觉，她发起了烧。

不仅仅是额头，全身都在发烫，一股前所未有的绝望瞬间涌上叶蔓心头，她突然不知该怎么办，只能抱着浑身滚烫的阿华，边哭边念叨着她的名字："阿华，阿华，我的好阿华。"

第五日仍是无人来送食，即便是不停往肚子里灌凉水叶蔓仍觉得饿得头晕眼花，阿华已完全陷入昏迷，任凭她如何去叫喊都无反应。

她抱着阿华由烫转凉的身体，连哭都没了力气。

她索性狠下心来，从污水里捞出那柄被她所遗弃的绕指柔，一举划破自己手臂,强行掰开阿华的嘴,一点一点将自己的鲜血挤进阿华嘴里。

叶蔓不知自己究竟是因失血过多而晕厥还是被饿晕,再度醒来的时候阿华亦睁开了眼睛,一脸虚弱地望着她笑。

她心中一颤,又将阿华抱入怀里。

阿华的状态一直不稳定,时而陷入昏迷时而清醒。

叶蔓已然完全放弃等待影的到来,每逢入夜,她脑袋中都会回响起姒姜的声音:"他答应与我姜国联姻,父王才派来十万精锐,助他楚国打退晋国,以后我就是楚国的王后,你又算什么?"

无休无止的等待终于耗尽她所有耐心,她目光定定地望着再度陷入昏迷的阿华,终于下定决心。

清晨第一缕阳光照射在她枯黄的面颊上,她高举寒光四溢的绕指柔,猛地扎进自己大腿。

只要你能活下去……

·尾 声·
BISHIHUASHNEGXUE

"最后的结局究竟是什么呀?"胖丫头越听越伤心,只怕会迎来个不好的结局。

蔓华未立即回答,而是直勾勾地望向某株正在剧烈抖动的梨树,孩子们的视线亦随之看去,却见堆积似雪的梨花树林里走出个雍容的华服丽人。

"明日本宫就要与瑾哥哥成婚。"从声音到神态,无不在挑衅。

"哦。"蔓华的声音出奇平静,目光掠过层层叠叠的梨花,望向湛蓝天际,"这便是故事最后的结局。"

翌日清晨,身穿玄色华服的影再度策马来寻蔓华,却再无她的身影，与之一同消失的还有那片堆积似雪的香雪海。

一把火将它们烧了个干净，枯枝划破天际，与人无声诉说那段逝去的故事。

十年后，浮生岛上，即墨山。

叶蔓满脸嫌弃地望着苏寒樱："你到底行不行？阿姐究竟何时才会苏醒？我这头白发究竟何时才能变黑？"

苏寒樱不以为然地掏了掏耳朵："求医嘛，急不来的。"

"更何况你家阿姐是重塑肉身。"

十年前，叶蔓本该葬身于枯井之中，一直藏在她心口的子母蛊终于发挥作用。她虽毁去了肉身，魂魄却无端挤进了阿华的身体，阿华心智不全是因缺魂，她魂魄齐全，甫一进入阿华身体便占据主导权，这副身子原本的主人阿华却陷入沉睡。

往后十年她与晚樱、苏寒樱一同隐居即墨山，她的魂魄完全与阿华身体融合，只能替阿华重塑肉身。

叶蔓冷哼一声，低头继续扒饭。

屋外突然传来一阵敲门声，晚樱停下手中动作，以眼神示意苏寒樱去开门。

破旧的木门"嘎吱"被人从内拉开，却见屋外落了张黑底烫金的请柬。

叶蔓与世隔绝数十载,自不知外界风云变幻,楚国新君瑾手握圣剑,吞并三国,一举称霸天下,三日后正是他登基称帝之日。

叶蔓手中竹箸"啪"的一声落地,晚樱反复字斟句酌:"你……要不要一同去看看?"

新皇登基,皇后之位却被空了出来,扮作宫娥的叶蔓甚是疑惑,自言自语着:"奇怪,皇后哪儿去了?"

她清楚地记得,自己离开楚国那日正是影与姒姜大婚之日,而今怎连姒姜的影子都没见到。

她身后的带刀金吾侍郎听之,笑着打趣道:"你究竟是打哪儿冒出来的?竟不知圣上至今都未娶妻立后!"

金吾侍郎一语惊起千层浪,叶蔓只觉自己声音都在发颤,她一字一顿,问得缓慢而深沉:"你说他未娶?"

"那姜国王姬姒姜呢?她在哪里?"

"她呀,"金吾侍郎眼中划过一丝狠戾,"才死不久,身上统共开出十朵碗口大的花。"

叶蔓听闻微微眯起眼,心中已有戒备:"你怎知道得这般详细?"

话音才落,叶蔓只觉身后一沉,那金吾侍郎竟就这般俯身压在她肩上,热气喷洒在她脖颈间:"因为我想让你留下,做我的皇后。"

— 全文完 —

番外一

"哥哥,哥哥,阿卿哥哥。"

弦儿笑嘻嘻地抓住公子卿系在腰间的禁步,银铃般的笑声一下又一下响起。

已然完全长成挺拔少年郎的公子卿一脸宠溺地揉了揉她的发髻,莫名有种恍如隔世的错觉,明明第一次见面的时候她才那么点大,手短脚短,小小一团,像块粉白的糯米糕。

弦儿似有些不悦,鼓起腮帮子偏开脑袋,小拳头攥得紧紧的:"都说了不许摸我脑袋。"

"好好好。"公子卿连忙抽回手,眼角眉梢俱是笑意,"你说什么都好。"

弦儿不依不饶,低声哼唧:"你每次都这般说,到头来还是揉乱了人家的发髻。"

公子卿牵住弦儿胡乱扑腾的手,不知不觉中就已敛去所有笑意,他问:"弦儿喜不喜欢阿卿哥哥?"

"自然喜欢。"弦儿不假思索地点头,像是突然想起什么似的,连忙抽回自己的手,在荷包中一阵翻腾,终于找出个柑橘大小的铜铃,笑吟吟地放在公子卿手心上,"喏,相识第四年的礼物。"

公子卿看着静静躺在手心的铜铃,无奈至极:"你为何每年都要送我个铜铃?"

弦儿的回答毫无逻辑:"因为你那顶八宝镏金顶的马车很漂亮呀。所以,我想每年都送你一个铜铃,再让你把它们挂在马车上,叮叮当当作响,多好听呀。"

公子卿更觉无奈,他堂堂七尺男儿,整日挂着串禁步四处蹦跶就已够让人伤神,而今再让他在车辇上挂着铃铛招摇过市,简直无颜见人。

默默收好弦儿送的铜铃,公子卿久久不语,反倒是弦儿一拍脑门,蹿出老远:"呀,险些忘了,爹爹还让我早些回去吃晚膳呢。"

公子卿的面色在这一瞬间变得极其复杂,他上前一步,拽住弦儿的手臂:"我派人去与你爹说一声,你今晚与我一同用膳可好?"

弦儿把头摇得像拨浪鼓:"不好,不好,当然不好,今日可是爹爹亲自为我下厨。"

公子卿神色一怔，仿佛还有话要说，弦儿却已挣脱他的手，跑出一段距离，推门进余家大院前还不忘咧开嘴朝公子卿招招手。

厚重的木门隔断了公子卿的视线，影卫自阴影中钻出，弓身待命："主子，余姑娘已回去，计划是否还要继续？"

公子卿沉吟片刻，方才道："自然该继续，好不容易才揪住余华安的把柄，若错过了这一次，下一次还不知该等多久。"

"那弦姑娘……"

"虎毒不食子，本宫不信，他不愿给自己女儿留条活路。"

影卫再度隐去身形，只余公子卿一人神色不明地站在余府外。

余华安表面看起来是普通玉石商，公子卿却早在两年前就发现端倪，只是仍未查出他究竟是哪国细作。

弦儿才用完晚膳，就见自家爹爹心不在焉地坐在太师椅上。

弦儿轻笑一声，蹑手蹑脚地走过去拍拍自家爹爹的肩："爹爹，你在想什么呢？"

余华安恍然惊醒，面色却极度复杂，他欲言又止地望了弦儿一眼，沉寂许久，方才开口问道："弦儿，你怕不怕死？"

弦儿一脸莫名，她仔细瞧了瞧余华安的脸色，又觉得他这番话不似开玩笑，于是连她都开始感到不安，不由得满脸焦急地询问着："爹爹你怎么了？为何会问这种问题？"

"有些事，你不会明白的。"余华安慈爱地抚摸着弦儿的面颊，眼神与声音一同变得无比坚毅，"爹爹皮粗肉糙都不一定受得了那些酷刑，你这般娇弱，定不堪一击……"

听到这话时，弦儿终于变了脸色，她声音有些颤抖："爹爹，你要做什么？"

"弦儿，莫要怪爹爹，要恨就恨公子卿，是他把爹爹逼上这条绝路！"

那一刹那，爹爹的脸在明灭的火光中显得尤为狰狞，火光扑面而来，舔舐她的衣领……

她在火光中不断挣扎，嘶声哭喊，却无人救她。

余华安已然不知所终，这座她住了十年的宅子不停在烈火舔舐中摇摆，仿佛轻轻一推就会全盘倒塌。

弦儿醒来的时候已是三日后，满脸忧色的公子卿正坐在床沿，眼睛一眨不眨地望着她。

她想开口说话，喉咙却干哑得像是要裂开，一张嘴仿佛就有烟冒出来，她被烈火烧得干裂的唇不停嚅动，公子卿俯身贴近，想要听清她说什么，最终她仍未发出任何声音，只有泪水无声无息滑落。

公子卿的心像是被人狠狠攥住，他手中拿着丝帕一点一点替弦儿吸干不断滚落的泪水，低声喃喃："弦儿莫哭，我定会想尽一切办法来治好你。"

时间一点一滴流逝,眨眼已过两年,弦儿身上的烧伤已然全部愈合,只是心里的那道疤无论如何都不会痊愈,就那么血淋淋地敞在那里,不毁不灭,仿似一道永远都无法翻越的鸿沟,生生横亘在两人之间。

在那以后,弦儿足足闷了两年都未开口与公子卿说话。

时隔两年,他们之间的第一次对话竟是以这样的形式。

她说:"有朝一日你定会后悔救我,只要我活着一日,你就要多遭受一日的折磨!"

他像是毫不在意:"我绝不会对自己做过的事感到后悔,更何况这件事,是救你。"

她笑意猖狂,随风散入春色里:"那么,我们不死不休!"

BISHIHUASHNEGXUE

· 番外二 ·

瑾记事那年，身边就有个裹着黑斗篷的少年。

他也曾问过母后那个少年究竟是何人，为何时时刻刻都跟在自己身边，母后只笑笑，说："他是你的影，自然就得时时刻刻跟着你。"

这话虽说得不明不白，但他仍是听进了心里。

瑾自小体弱多病，有事没事咳出半碗血。那裹着黑斗篷的少年却与瑾截然相反，从未见过他生病也就罢了，他还身强体壮到令人发指的地步。于是瑾纳闷了，那少年除却周身一团黑，怎么看怎么不像是他的影子。瑾总会趁那少年不注意的时候去瞧瞧打量他，甚至还趁少年不注意的时候偷偷掀起过他那黑色的斗篷帽。

尚未完全掀开，就被那少年抓住了手。

那是瑾第一次听到少年的声音，亦是第一次发觉世上竟还有与自己长得如此相像之人。

瑾甚至开始怀疑，少年会不会是他失散多年的兄弟。

然而这自然是不可能的。

随着时间地流逝，瑾渐渐发觉少年与自己开始变得不一样，他日益阴柔，少年的面部轮廓却逐渐变得刚毅。

转折发生在瑾十三岁那年，那年他的胸脯在一夜之间隆起，然后宫中来了个名唤苏寒樱的怪人。彼时的他以为自己生了什么怪病，刚想扑进母后怀中哭诉，只听母后寝殿中传来那怪人的声音："此药药性霸道，瑾儿顶多能再服一次，这一次的药效也不似第一次那般可维持十三年，顶多再过七年，瑾儿就会恢复女儿身。"

瑾被苏寒樱这番话给惊到，尚未来得及发出质疑，就听母后道："难道真的不能让瑾儿再多服几次？"

苏寒樱的声音突然变得凛冽："若想让瑾儿在二十五岁前丧命，你就让她服！"

那一瞬间，瑾只觉一股寒意从脚跟一路蹿上脑门，她浑浑噩噩，脑中一片空白。

寝殿内的交谈仍在继续，母后的声音像是难过至极："真的再无他法？"

寝殿中有一瞬间的寂静，半晌后，苏寒樱的声音方才再度响起："也不是别无他法，你不是早有准备，替瑾儿带回了个影？倒不如让他替代瑾儿？"

"此法倒是可行，只是……"母后尚有些犹豫，"只是那孩子会这般容易被我摆布？"

"有何不可？"苏寒樱声音里带着嘲讽，"你这般热衷于权势，岂会不知该怎样操控人心？"

接下来的话，瑾再也听不下去，她跌跌撞撞地跑回自己寝宫，却见影笔直立在一树梨花下，丰神俊朗。

寻常的她见到了影，总会忍不住去逗一下，想尽办法逼着他说话，而今的她竟不知该如何面对他。

她闷头在床上睡了整整一日，临近日暮，床上的帷幔方才被影一把掀开。黄昏时的阳光透着暖色调，不期然地洒落在他冷峻的面容上，仿佛把他的眉眼晕染得柔和了几分。

她就这样怔怔望着他，片刻以后方才听到他的声音响起，他说："我要离开一段时日。"顿了顿，"或许，此去就再也回不来。"

瑾不知他为何会说出这样的话，下意识就想到母后与苏寒樱在寝殿中的话。

"你到底要去哪里？"

"谁知道呢？"他掀起嘴角，自嘲一笑，"我能去的地方大概只会是炼狱。"

往后的两年瑾都未见过他,她不知自己母后究竟让苏寒樱把药下在了哪里,总之,未过多久她的身体又恢复成从前那般。

只是,心再也回不去了。

此后,楚国多了个烂泥扶不上墙的公子——瑾。

她拈花惹草,成日除了惹祸什么也不做。

日子飞快过去,两年时光眨眼就过完,她再度见到影时,是在一个凉爽的仲夏夜。

那夜,他穿着一袭白衣,恭恭敬敬地伏跪在苏寒樱脚下,声音是一如既往的清冷:"影已杀死林夕,夺到景毓图。"

苏寒樱接过他双手奉上的景毓图,像是对他的表现满意至极,连连称赞:"倒是没丢我浮生岛的脸。"

后面的话瑾仍未听下去,她只知,自那以后苏寒樱便突然消失,影再也不是以黑斗篷裹身的状态出现在自己面前,他可以扮成很多人,上至七老八十的老妪下至七八岁的稚童。可无论他如何变化,她都能轻易将他认出。

记忆中的影仿佛就是这样,又好像和从前有什么不一样,瑾静静地托腮思考着,脑海中的小小少年与现在呈现在自己面前的他重叠在一起。

而后，她终于明白了，她之所以会觉得影与从前有所不同，正是因为从前的他毫无生机，而今的他虽依旧不苟言笑，像块冰冷的玄冰一样，她却仍能感受到他尘封在玄冰之下的勃勃生机。

于是她不禁开始想，有朝一日那些生机完全破冰而出，该是一幅怎样的画面，奈何……她大抵永远也看不到了吧。

直至那个名唤叶蔓的少女出现，瑾才明白，影并非天生冷淡，只是对她热不起来罢了。

她的身子一天比一天虚弱，从前犯病顶多咳个半碗血，而今她咳血咳到手脚发软，头晕眼花，甚至连走路的力气都将失去。

那时，她不过十八岁，新任圣主荼罗上位才两年的时间。

影替代她的时间越来越多，直至后来，她甚至都病到再也下不了床……

她记不清母后究竟有多久没看她了，却清楚地记得，影再度出现是在她二十岁生辰那天。

那日他端来一碗长寿面，上面卧了个煎得两面金黄的蛋，清澈的汤上浮着一把细碎的葱花。

他低垂着眉眼，声线冷如寒冰碾玉："吃了这碗面好上路。"

瑾又岂会不知他所说的上路是什么，可她不想就这般无缘无故地消逝，强撑起精神问了句："本宫母后可还在人世间？"

他的回复很简洁，只有短短两个字："不在。"

她努力扯起嘴角笑了笑:"如若本宫告诉你,本宫乃是女儿身,可还能活命?"

他神色不变:"只有死人才能守住秘密。"

瑾终于笑出声:"本宫还想知道,母后走前可有后悔?后悔把本宫变成这副模样?"

他沉吟片刻,方才道:"她最后悔的大概是当年将我带了回来。"

又是许久的沉寂,瑾终于再度出声:"本宫还有一个不情之请,你能不能喂本宫吃完这碗面?就当……就当圆了本宫一个梦。"

"好。"

图书在版编目（CIP）数据

彼时花胜雪 / 九歌著. -- 贵阳：贵州人民出版社，
2016.11（2020.1重印）
ISBN 978-7-221-13661-9

Ⅰ.①彼… Ⅱ.①九… Ⅲ.①短篇小说－中国－当代
Ⅳ.①I247.7

中国版本图书馆 CIP 数据核字 (2016) 第 258979 号

彼时花胜雪
九歌 著

出版统筹	陈继光
选题策划	大鱼文化
责任编辑	杨　礼
流程编辑	潘　媛
特约编辑	菜秧子
装帧设计	刘　艳　逸　一
封面绘制	阿镜镜
出版发行	贵州人民出版社（贵阳市观山湖区会展东路SOHO办公区A座邮编550081）
印　　刷	三河市华东印刷有限公司
开　　本	32开（880mm×1230mm）
字　　数	220千字
印　　张	9
版　　次	2016年12月第1版
印　　次	2016年12月第1次印刷 2020年1月第2次印刷
书　　号	ISBN 978-7-221-13661-9
定　　价	35.00 元

版权所有，盗版必究。举报电话：0851-86828640
本书如有印装问题，请与印刷厂联系调换。联系电话：0731-82755298